Thomas
Wieczorek

# SEI SCHLAU, GEH IN DEN BAU

Was wirklich läuft im Land

EULENSPIEGEL VERLAG

# INHALT

# DER ULTIMATIVE KARRIERETIPP

Zu den wenigen halbwegs vorzeigbaren Ergebnissen von 63 Jahren Bundesrepublik gehört die Möglichkeit für Jugendliche und Erwachsene, im Gefängnis zwar nicht unbedingt das Stricken schwedischer Gardinen zu erlernen, dafür aber eine Lehre inklusive Gesellenbrief zu absolvieren sowie Haupt- und Realschulabschluss, ja sogar das Abiturzeugnis und den Magisterabschluss zu erwerben.

Da aber andererseits über eine Million der Zwanzig- bis Neunundzwanzigjährigen ohne Ausbildung sind, ergibt sich eine ebenso verwegene wie völlig logische Überlegung:

Drei Jahre Jugendstrafe erhält zum Beispiel, wer wie ein Zwanzigjähriger im Mai 2010 in Friesoythe in Niedersachsen in eine Menschenmenge rast und zwanzig Personen teils schwer verletzt. Ebensoviel gibt's, wenn man wie ein neunzehnjähriger Erfurter im Juni 2009 seinen zwei Monate alten Sohn zu Tode schüttelt, wie ein siebzehnjähriger Bautzener 2007 seine Schwester vergewaltigt oder – was ein noch schlimmeres Verbrechen ist – wie eine siebzehnjährige volltrunkene Ahlenerin 2008 eine siebenunddreißigjährige Polizistin angreift und beleidigt. Wer sich für die Lehre im Knast ein kleines Zeitpolster schaffen will, holt sich dreieinhalb Jahre ab, indem er wie eine einundzwanzigjährige Berlinerin 2007 einen Schwarzen auf die S-Bahngleise stößt.

Aber Vorsicht: Manche Gutmenschen unter den Richtern können uns unsere Lehre versauen, indem sie unsere Strafe zur Bewährung aussetzen. Dem können wir aber durch sachliche Argumente entgegenwirken: Jungen sagen zum Richter (Geschlecht spielt keine Rolle): »Ey Alter, ich fick deine Mutter!« Mädchen ziehen sich einfach splitternackt aus und fragen: »Geilt dich das auf?«

Nachdem wir dann endlich unsere drei Jahre auf Staatskosten sicher haben, steht uns die Welt der Lehrstellen offen: Automechaniker oder Friseur, Installateur oder Maler, vielleicht sogar Dachdecker? Natürlich ackern und lernen wir, was das Zeug hält, und sind die Einsicht und Besserungswilligkeit in Person, und nach 36 Monaten sind wir dann Geselle, wieder in Freiheit und irgendein Depp wird uns schon einstellen.

Wer allerdings noch ehrgeiziger ist, muss auch entsprechend kräftiger zulangen. Hier empfiehlt sich der Raubmord an einer Seniorin nebst der Begründung: »Das Verfallsdatum der Alten war sowieso schon abgelaufen.«

Wichtig ist, dass wir alles unterlassen, was für uns sprechen könnte, und so auch dem verständnisvollsten Richter nicht den geringsten Vorwand liefern, unter der Jugendhöchststrafe von zehn Jahren zu bleiben.

Die nämlich brauchen wir für unser ehrgeiziges Karriereprogramm: Ein Jahr, um unseren Hauptschulabschluss nachzuholen, ein weiteres für die Mittlere Reife. Dann heißt es erst recht, Ärmel hochkrempeln und büffeln, denn nun stehen die drei harten Jahre bis zum Abi an. Mathe, Latein, vielleicht sogar Griechisch: Schließlich wollen wir nicht nur irgendein akzeptiertes Mitglied der Gesellschaft werden, sondern – wenn schon, denn schon – von ganz unten bis nach oben in einem Aufwasch.

Wenn wir das Hochschulreifezeugnis erst einmal in der Tasche haben, können wir tief durchatmen. Die Hälfte des Weges ist geschafft.

Nun folgt das Studium an einer Fernuniversität, wobei Politik, Betriebswirtschaft oder ein Ingenieurstudium besonders empfehlenswert sind. Damit nämlich können wir uns sofort nach dem Examen als Berater selbständig machen und mit dubioser Arbeit für noch dubiosere Gestalten die dicke Kohle abräumen. Kein Mensch wird nach unserer Vergangenheit fragen, schließlich haben unsere Geschäftspartner meist noch bedeutend mehr Dreck am Stecken. Zudem gibt es an der Korrektheit unseres Examens – im Gegensatz zu den Doktorarbeiten des Freiherrn von und zu Guttenberg und einer Horde weiterer Politiker – nicht den leisesten Zweifel. Weder sind unsere Zitate geklaut, noch haben wir Ghostwriter beschäftigt.

Genau besehen könnten wir sogar in die Politik gehen.

Welchen Weg in die geistig-moralischen Eliten unserer Gesellschaft wir auch einschlagen: Wir werden der lebendige Beweis für die Richtigkeit der Aussagen unserer Spitzenpolitiker sein: Dass es bei uns jeder, der wirklich will, zu etwas bringen kann und dass Mut, Risikobereitschaft und Eigeninitiative die wertvollsten Eigenschaften beim Streben nach

Glück – also nach Ruhm, Reichtum und Macht – sind.

Aber was machen die Jugendlichen? Nicht wenige sind ehrliche Jammerlappen, lamentieren über ihr selbstverschuldetes Schicksal und schimpfen auf den Staat. Sie werden Hartz-IV-Empfänger, sammeln Pfandflaschen oder Essensreste aus Abfallcontainern und schlafen unter Brücken, während wir Installateur, Politologe oder gar Bundestagsabgeordneter sind und die lauen Sommerabende am Pool unseres Landsitzes bei einem Gläschen Chablis und in der Gesellschaft attraktiver Lebensabschnittspartnerinnen oder Mietschönheiten genießen.

Deshalb kann die Botschaft an die junge Generation nur lauten: Sei schlau – geh in den Bau!

# ZUM ERSTEN, ZUM ZWEITEN, ZUM ...

Die Nachricht schlug ein wie eine Streubombe: Um Griechenland und Zypern trotz ihrer desolaten Finanzen in Euroland zu halten, sollen die beiden Problemkinder versteigert werden.

Empfohlen wird der Rückgriff auf ein bewährtes, wenn auch leicht aus der Mode gekommenes System: Schließlich besitzen etliche der EU-Staaten reichlich Erfahrungen mit Kolonien. Man denke nur an Großbritannien mit Indien, Portugal mit Angola, Frankreich mit Algerien oder Spanien mit Peru, von Nazideutschland mit Böhmen und Mähren ganz zu schweigen.

Die Bietenden müssen sich für den Fall eines Zuschlags verpflichten, den Eingeborenen einen menschenwürdigen Leibeigenenstatus zu gewähren. Dazu gehört, dass Einzelpersonen nur nach sorgfältiger Prüfung durch die EU-Menschenrechtskommission, einer Tochtergesellschaft der Allianz, an private Haushalte verkauft werden dürfen.

Weitaus wichtiger erscheint aber die Frage der Finanzierung. So soll nach dem Vorbild der anderen Rettungsschirme ein Kolonialschirm eingerichtet werden. Er soll den Staaten zur Verfügung stehen, die durch den Erwerb einer Kolonie ihrerseits in eine Finanzklemme geraten. Bezahlt wird der 800-Milliarden-Schirm im Geiste des Zusammenwachsens Europas von allen EU-Bürgern gemeinsam.

Als Favorit der Auktion gilt Deutschland, da es über ausreichend gehorsame und kritiklose Bürger verfüge. Allerdings gibt sich der DGB kämpferisch: Über 50 Prozent Lohnkürzung kämen nicht infrage. Auch dürfe es jährlich nicht zu mehr im Winter erfrorenen Obdachlosen und Verhungerten als bisher kommen. Der Bundesverband der Deutschen Industrie signalisierte Zustimmung, wenn im Gegenzug der Spitzensteuersatz für Jahreseinkommen über 1,5 Millionen auf 0,5 Prozent gesenkt werde. Ein Vertreter der Bundesregierung äußerte, dies sei alles eine reine Geldfrage.

In letzter Sekunde erklärte die Deutsche Bank, ebenfalls an der Versteigerung der beiden Länder teilnehmen zu wollen. Dies stellt die EU-Verfassungsjuristen vor ein Problem: Zwar sind de facto die meisten Staaten im Besitz der Banken und Großkonzerne – aber eben nur de facto. Offiziell gab es in der Geschichte noch nie den Fall, dass private Wirtschaftsunternehmen eine eigene Kolonie besitzen.

Dazu hieß es seitens eines Sprechers des Bundespresseamts, Privatisierung sei ein »alternativloser Sachzwang der Globalisierung«. Denn Menschen könnten nur dann ihren Wohlstand mehren, wenn es ihnen schlecht gehe. Geld allein mache nicht glücklich.

# TARIFRUNDE KORRUPTION

Die diesjährigen Schmiergeld-Tarifverhandlungen zwischen Politik und Wirtschaft verliefen in einer für Familienzusammenkünfte typischen, relativ angespannten Atmosphäre. Einerseits waren durch Golfclubs, Trauzeugen- oder Kinderpatenschaften, durch gemeinsame Untreuecoups oder halblegale Aktionen fast alle irgendwie miteinander verbandelt. Andererseits wurde gerade dadurch jener psychologische Druck immer deutlicher, der daraus resultiert, dass man sich Verwandte anders als Freunde nicht aussuchen kann.

Kabinettsmamsell Kristina hatte gerade die zwölfte Flasche Merlot geöffnet, die Porzellanschälchen zum x-ten Mal mit russischem Kaviar nachgefüllt und die Hummercocktails serviert, als die Diskussion wegen allgemeiner Schläfrigkeit kurz vor dem Abbruch stand.

Dabei schien es so unkompliziert wie jedes Jahr. Die Regierung forderte von den Steuermilliarden, die sie den Konzernen und Superreichen zugeschanzt hatte, 4,5 Prozent, die Wirtschaft bot 0,5 Prozent; und nach kurzem, eher symbolischem Schlagabtausch einigte man sich bei 2,5 Prozent.

Diesmal allerdings machten die Unternehmen ungewöhnlich hohe Nebenkosten geltend. Gutachter und Journalisten, Staatsanwälte und Richter, Aufsichtsbehörden und übereifrige Ermittler und Schnüffler, ja sogar die Führer von Bürgerinitiativen,

Gewerkschaften, Betriebsräten und linken Parteiflügeln – sie alle hielten unverfroren die Hand auf.

Nach knochenharten Verhandlungen kam man doch noch zu einem Ergebnis.

Das Weihnachtsschmiergeld wurde um 2,5 Prozent reduziert, das dreizehnte Schmiergeldgehalt sogar um 12 Prozent.

Naturalien wie Südseekreuzfahrten müssen künftig zu 1,5 Prozent von den Politikern selbst bezahlt werden.

Staatsaufträge über 20 Millionen Euro würden dagegen mit 6,5 statt bisher 5,8 Prozent honoriert, ebenso Genehmigungen für den Export von Streubomben oder ABC-Waffen.

Der Illegalitätszuschlag wurde von 9,5 auf 11,2 Prozent angehoben

Dankeschönjobs werden den Regierungsmitgliedern schon nach zwei statt bisher vier Monaten vertraglich garantiert.

Am Ende der Verhandlungen konnten jedenfalls beide Seiten vor die Medien treten und den erfolgreichen Abschluss der Tarifrunde melden.

# RETTET DIE KRANKHEIT!

Dass wir nicht im Paradies leben, haben wir bekanntlich der Erbsünde zu verdanken. Darunter versteht man jenen Urbeischlaf von Adam und Eva, als Gott der Allmächtige sein Spannerteleskop verlegt hatte und ob der verpassten heiligen Nummer die beiden wütend des Gartens Eden verwies.

Damit nicht genug, strafte er gleich die gesamte Menschheit mit Krankheit und Kapitalismus, wobei das eine ohne das andere nicht auskommt.

Stellen wir uns einmal vor, es gäbe keinerlei Krankheiten mehr. Dann wären eine Unmenge von Berufsgruppen überflüssig und viele strebsame Bürger ihre Jobs los: zuallererst das gesamte medizinische Personal, Ärzte, Schwestern, Pfleger. Mit im untergehenden Boot der Ausbildungsbereich, vor allem die medizinischen Fakultäten vom Professor bis zur Reinigungskraft. Nicht zu vergessen auch die falschen Ärzte, Heilpraktiker, Gurus und die Besatzungen jener »Medizinerkneipen«, aus denen Oberärzte oder Langzeitstudenten Erstsemesterwürstchen oder Schwesternschülerinnen mittels Gesäusel oder K.O.-Tropfen abschleppen.

Ebenso die Arzneimittelindustrie mit all ihren überteuerten Medikamenten und Placebos sowie das flächendeckende Netz der zusehends an Supermärkte erinnernden Apotheken.

Nicht anders die Pharmaforschung und Wundermittelwerbung: Denn wenn es keine Krankheiten mehr gibt, dann logischerweise auch keine frei erfundenen; und ohne jegliche Medikamente natürlich auch keine krankmachenden und geldbeutelleerenden Pillen und Salben.

Nicht zu vergessen die Blumenindustrie fürs Sträußchen ans Krankenbett oder das Kränzchen auf den Sarg.

Und last aber wirklich not least die seriösen oder windigen Seelenklempner, die zunächst den Kranken und dann den Hinterbliebenen aufmunternd versichern, dass alles nur halb so schlimm sei.

Rechnet man das alles zusammen, so dürften gut zehn Millionen Menschen von der Krankheit anderer abhängig sein und mehr oder weniger gut an ihr verdienen.

Insofern gebührt unseren Pharmafirmen nicht Kritik und Tadel, sondern Lob und Anerkennung dafür, dass sie unablässig neue Viren und Bakterien züchten und verbreiten, weil sie die entsprechenden Medikamente schon lange davor entwickelt haben, um sie bei Ausbruch einer Krankheitswelle oder Epidemie rechtzeitig und ausreichend liefern zu können.

Den Krankheitsverweigerern unter unseren Mitbürgern aber sei ins leere Krankenblatt geschrieben: Noch ist es nicht zu spät zur Umkehr; und es gibt gar mannigfache Wege, seinen guten Willen zu zeigen.

Ist es denn wirklich zu viel verlangt, sich in die Zugluft zu setzen, im Winter nur Sommerklamotten zu tragen, mit geschlossenen Augen Treppen hinunterzuspringen, bei Rot eine Schnellstraße zu überqueren, sich einen Leberschaden anzusaufen, ein schwaches Herz anzufressen oder kondomfrei Körperflüssigkeit zu tauschen?

Denken wir also immer daran: Nicht nur Grippe oder Gicht, Beinbruch oder Bronchitis, Leukämie oder Lungenkrebs, Hirnhautentzündung oder Hämorrhoiden, sondern jedes noch so unscheinbare Wehwehchen sichert Arbeitsplätze, kurbelt die Wirtschaft an und leistet damit einen wertvollen Beitrag zum Erhalt, Aufblühen und Gedeihen unserer wunderbaren demokratischen und menschenfreundlichen Gesellschaft, auch wenn wir ja tatsächlich auf dem vorletzten Loch pfeifen.

Nicht – wie man früher dachte – »vornehm«, sondern »gesund geht die Welt zugrunde«. Kranksein ist allererste Bürgerpflicht! Als stolze Besitzer einer möglichst chronischen oder gar unheilbaren Krankheit sind wir die Säulen eines funktionierenden Gemeinwesens.

Auch vor Klassenarbeiten, Bürojobs, lästigen Dates, grauenhaften Museumsbesuchen und sonstigen Widernissen unseres Lebens können wir uns fortan reinsten Herzens drücken. Sollten uns Neider oder Ignoranten des »Krankspielens« bezichtigen, können wir lässig und mit verächtlichem Blick das Dokument mit der Bescheinigung über Darmgeschwür oder Diagonaldemenz, Herzrhythmusstörung oder Halswirbelrheuma, Bronchialasthma oder Beckenbruch, Filigraninsuffizienz oder Fußkrebs hervorzaubern – wir sind keine schnöden Simultansimulanten, sondern ehrbare, unbescholtene und nützliche Schwerkranke.

## DIE GEHEIMDIENSTREVOLUTION

Nach den jüngsten Skandalen um den Verfassungsschutz geht den Geheimdiensten der Nachwuchs aus. Motivierte und für Spitzeldienste begabte Mitbürger schließen sich lieber der Russenmafia, der Cosa Nostra, der Zwickauer Zelle oder dem KGB an.

Daher beschlossen die politisch Verantwortlichen, nicht mehr nach der eierlegenden Wollmilchdrecksau zu suchen, sondern nach Spezialisten. »Genauso wenig«, meinte ein Teilnehmer der Expertenrunde, »wie es einen pädophilen Vergewaltiger gibt, der gleichzeitig Bankräuber, Serienkiller, Kidnapper und Börsenbetrüger ist, genauso wenig gibt es den Universalagenten.«

Deshalb sucht man jetzt gezielt nach Leuten, die vielleicht nur eine Kunst beherrschen, dafür aber richtig. Man einigte sich auf folgende Spezialgebiete:

*Denunziant:* Er beobachtet kritische Bürger, die sich beispielsweise pausenlos auf das Grundgesetz berufen oder für Menschenrechte engagieren, notiert deren Freundeskreis und sonstige Kontakte, Essgewohnheiten und Sexualverhalten und meldet es regelmäßig seinem Führungsoffizier.

*Denunziant plus:* Anders als der normale Denunziant erfindet er zusätzliches Belastungsmaterial. Zum Beispiel schmuggelt er einem unbequemen CDU-MdB ein Tütchen Heroin in die Bude, das dann bei einer Hausdurchsuchung gefunden wird.

*Beweisfälscher:* Er produziert nach Nazi-Morden, der Abfackelung des Reichstagsgebäudes oder der Sprengung der Deutschen Oper Bekennerschreiben der Islamisten und hinterlässt Personalausweise von Mitgliedern der Linkspartei oder ATTAC.

*Vertuscher:* Als Pendant zur Beweisproduktion beherrscht er die Vernichtung von Beweismitteln, lässt Akten und Datenträger verschwinden oder manipuliert sie. Er versteht sich auf die Kunst, sein Vorgehen komplett zu verheimlichen oder Spuren zu legen, die seine Aktivitäten anderen in die Schuhe schieben.

*Meineidler:* Er sagt unter Eid das aus, was ihm vorgegeben wird, macht aus Verbrechen der Nazis solche der Demokraten, bestätigt der Opposition mit frei erfundenen Dialogen Sexaffären des politischen Gegners oder meldet sich als Augenzeuge für alles und jedes. Allerdings ist er nur begrenzt einsetzbar, bei zu häufigem Auftritt könnte die Öffentlichkeit stutzig werden.

*Skandalproduzent:* Er bringt Personen in Misskredit, indem er ihnen beispielsweise KO-Tropfen verpasst, sie neben minderjährigen Prostituierten platziert, das Ganze filmt und an die Medien verschickt.

*Erpresser:* Alternativ zum Skandalproduzenten wendet er sich an die Betroffenen selbst und setzt sie mit seinem Wissen über unsaubere Geschäfte, abwegige Neigungen und außerehelichen Sex unter Druck, um ihren Rücktritt oder ihre Zustimmung zu Rüstungsexporten, zum Bau unnützer

Autobahnen oder zur Subventionierung der Niedriglohnstrategie der Unternehmen zu erreichen.

*Überwacher:* Er verwanzt Räume und Gebäude, installiert Webcams und Videokameras oder bricht in Büros ein und kopiert Dokumente. Er ist ein versierter Techniker ohne jegliches Interesse an Ziel und Ausrichtung seiner Auftraggeber.

Eine solche Umstellung der Geheimdienste auf das Spezialistenprinzip wird nach Überzeugung der Experten unsere Demokratie stärken, also die Aufgabe erleichtern, Andersdenkende mundtot zu machen oder ganz aus dem Verkehr zu ziehen.

Ein Referent erinnerte daran, dass ja tatsächlich im Vorgängerstaat nicht alles schlecht gewesen sei. Schließlich seien im Dritten Reich Autobahnen gebaut und der Volkswagen entwickelt worden. Und aus der DDR stamme der Grüne Pfeil ebenso wie der »Polizeiruf 110«. Was spreche also dagegen, auch die früheren Systeme der Staatssicherung auf noch heute brauchbare Elemente hin zu überprüfen?

# KORRUPTION MUSS SICH WIEDER LOHNEN

Abgeordnete machen sich durch den Verkauf ihrer Stimme strafbar – was man allerdings bei den in der Regel geheimen Abstimmungen nicht überprüfen kann. Was aber ist, wenn sie für ihr politisches Wirken Schmiergeld annehmen?

Die entsprechende Uno-Konvention *United Nations Convention against Corruption* (*UNCAC*) über das umfassende Korruptionsverbot vom 31. Oktober 2003 trat zwar schon am 14. Dezember 2005 in Kraft und wurde bislang von 126 Staaten ratifiziert, nicht aber von Sudan, Saudi-Arabien, Nordkorea, Syrien – und eben Deutschland.

Alle Appelle verantwortungsvoller Politiker, die Volksvertreter sollten sich doch lieber auf die üblichen Methoden der Vermögensbildung konzentrieren – wie etwa Steuerhinterziehung, Subventionsbetrug, gut bezahlte Scheingutachten, lukrativ honorierte Gastvorträge, Insidergeschäfte an der Börse oder Traumreisen auf Kosten von Wirtschaftsbossen –, wirkten bislang nur bedingt, so dass die Parteiführungen jetzt endlich hart durchgreifen und strenge, verbindliche Antikorruptionsrichtlinien aufstellen wollen.

Eckpunkte dabei sind:

- Eine Obergrenze für Schmiergelder.
- Der korrupte Lohn muss in einem angemessenen Verhältnis zur erbrachten Leistung stehen. So gibt es zum Beispiel für den verbilligten Ver-

kauf von kommunalen oder landeseigenen Immobilien an Privat weniger als für die Genehmigung von Rüstungsexporten. Ebenso bringt die Warnung vor Hausdurchsuchungen oder das Schreddern von Beweismaterial nicht so viel ein wie etwa die erfolgreiche Veränderung von Gesetzesentwürfen oder ein Meineid.

- Schmiergelder müssen künftig mit 0,01 Prozent versteuert werden.
- Als Anreiz zur Unbestechlichkeit darf der Volksvertreter bei einer Selbstanzeige das Schmiergeld behalten und erhält außerdem eine Ehrlichkeitsprämie von 25 000 Euro.

Kritiker bezeichneten die Initiative als überflüssig, da bislang noch kein einziger Abgeordneter wegen Bestechung verurteilt worden sei. Ein Regierungsmitglied schätzte auf einem mit 50 000 Euro dozierten halbstündigem Vortrag vor einem Wirtschaftsverband den Entwurf als »Schritt in die richtige Richtung« ein. Zudem würden durch das neue Gesetz dem Steuerzahler jährlich mehr als 2,95 Euro erspart.

Einhellig abgelehnt wurde übrigens der Werbeslogan *Lieber korrupt als bestechlich*. Stattdessen einigte man sich auf die Parole *Korruption muss sich wieder lohnen.*

# DIE SCHICKSALSSCHWERE KABINETTSRUNDE

Es war mal wieder Freitag, kurz nach 14 Uhr. So langsam trudelten die Ministerdarsteller zur Kabinettsrunde im Kanzleramt ein.

Anwesend: Angela »Angie« Merkel, Dirk »Ippel« Niebel, Wolfgang »Rolli« Schäuble, Ursula »Ley-Uschi« von der Leyen, Kristina »Kresteen« Schröder, Guido »Schwesterle« Westerwelle, Rainer Brüderle, Thomas »Misere« de Maizière, Sabine »Schnarchi« Leutheusser-Schnarrenberger, Philip »Röschen« Rösler und einige Abhörwanzen gewisser Medien.

*Angie:* Liebe Kabinettsmitglieder, wir sind heute hier zusammenge... – und so weiter ... schicksalsschwere Entscheidungen ... Weichen für die nächsten Jahre et cetera ... daran arbeiten wir ... knallbumm.

*Misere:* Wer ist eigentlich der Kerl neben mir. Ich kenn den überhaupt nicht?

*Nippel:* Mojnmojn. Ich bin's doch, euer Minister für wirtschaftliche Großmachtinteressen, äh, Zusammenarbeit.

*Rolli:* Wieso gibt's keine Kaviar-Häppchen, verdammt? Ich hatte extra um Kaviar-Häppchen gebeten. Ist das vielleicht zu viel verlangt, Frau Bundesdingsda?

*Kresteen:* Den Kaviar hat sich die Bahlsentochter gemopst, tjatja.

*Ley-Uschi:* Olle Petze! Aber vielleicht interessiert es ja die Kollegen und die Bild-Zeitung, was ein Flachmann in der Handtasche einer Ministerin zu suchen hat.

*Nippel:* Flachmann? Ou, ou, ou.

*Ley-Uschi:* Man riecht's außerdem zwanzig Meter gegen den Wind.

*Schwesterle:* Also ich rieche nur billiges Frauenparfüm. Ekelhaft, so was.

*Angie:* Schluss jetzt. Ich erwarte die Berichte über die Auslandsreisen.

*Brüderle:* Zwei Wochen Antigua auf Kosten von Thyssen. Im Gegenzug den Panzerexport nach Saudi-Arabien erlaubt.

*Ley-Uschi:* Arabien? Lass das mal nicht unseren Büroboten Sarrazin gehören.

*Rolli:* Seit wann beschäftigen wir im Kanzleramt Ausländer? Vor allem, wenn sie auf Deutsch »Zigeuner« heißen. Ist es denn schon wieder so weit?

*Schnarchi:* Tss! So eine große Klappe und dann ein lausiger »Zigeuner«!

*Misere:* Tja, Kindchen, hier kannst du noch 'ne Menge lernen

*Angie:* Schluss jetzt! Sonst werden wir nie fertig.

*Kresteen:* Genau! Um 15 Uhr fängt »Sturm der Liebe« an.

*Schwesterle:* Das kuckst du auch? Also dass Werner Saalfeld immer wieder auf Barbara reinfällt …

*Kresteen:* Und dass Charlotte sich das bieten lässt! Eines Tages tröpfelt sie ihr noch Elbwasser ...

*Nippel:* Das hab ich jetzt nicht gehört.

*Angie:* Ich schon! Wer hat übrigens meinen Kugelschreiber?

*Brüderle:* Leyen hat ihn.

*Ley-Uschi:* Aber nur, weil Brüderle meinen hat. Außerdem: Deiner ist es ja wohl auch nicht. Da ist »Erich« eingraviert!

*Alle:* E-r-i-c-h???

*Angie:* Äh, den hat Erich Ribbeck mir geschenkt. Der hat damals unsere Fußballnationalmannschaft trainiert.

*Rolli:* Ribbeck? Vielleicht der Ribbeck von Ribbeck im Havelland?

*Schnarchi:* Ein Birnbaum in seinem Garten stand.

*Ley-Uschi:* Hast du eigentlich auch noch einen Kuli von Margot? Von Margot Ribbeck, meine ich.

*Angie:* Wenn jetzt alle ausgeblödelt und die Kulis zurückgetauscht haben ...

*Brüderle:* Margot Ribbeck! Ich krieg mich nicht mehr ein.

*Angie:* Wie geht's eigentlich unserer Wirtschaft?

*Brüderle:* Danke der Nachfrage (kichert in sich rein). Margot Ribbeck – darauf muss man erst mal kommen.

*Angie:* Ich muss doch bitten! Gibt's keine Zahlen? Kauflaune, Investitionslaune ...

*Schwesterle:* Sektlaune (steht kurz vor einem Lachkrampf) ... sorry, Angie.

*Angie:* Reiß dich zusammen, Guido.

*Brüderle:* Jetzt hat die Chefin aber eine Saulaune ...

*Angie:* Also schön, vergessen wir die Zahlen. Hauptsache, es geht bergauf.

*Kresteen:* Mal was anderes: Habt ihr von der Marienerscheinung letzte Woche in Altötting gehört? Eine gewisse Mösenhuber Traudl, Mutter und Schwester von drei herzallerliebsten Buben …

*Schwesterle:* Gegrüßet seist du, Maria, holder Knabe.

*Rolli:* Das heißt »voll der Gnade«, du Jesuitensohn.

*Ley-Uschi:* Herrgott noch mal! Das ist doch sicher eine Schwindlerin, und in Wirklichkeit ist ihr nur der Apostel Paulus erschienen.

*Kresteen:* Nein, die lügt nicht. Denn die Heilige Maria hat zu mir letzte Mariä Himmelfahrt dasselbe gesagt: Selig sind die Leistungsträger, denn ihrer ist das Himmelreich. Und jetzt schafft es Traudl durch bloßes Handaufhalten, dass Gebrechliche gesunden und die Aussätzigen rein werden.

*Rolli:* Tja dann …

*Ley-Uschi:* Sag mal: Ist diese Traudl nicht Pressereferentin beim Bund der Deutschen Industrie?

*Kresteen:* Willst du damit sagen, dass die Heilige Mutter Gottes parteiisch ist?

*Ley-Uschi:* Die ist ja nur neidisch, weil er für nächste Woche eine eigne Jesuserscheinung geplant hatte.

*Angie:* Jetzt ist aber Feierabend! Wir kommen zum wichtigsten und einzigsten Tagesordnungspunkt, nämlich …

*Misere:* Es heißt »einzigen«, nicht »einzigsten«, heißt ja auch nicht »du dumme Ziegste«.

*Angie:* In diesem Fall ist es aber der einzigste Punkt, sogar der allereinzigste …

*Brüderle:* Kommt einer nachher noch mit auf einen Zug durch die Gemeinde? Dank unserer ausgewogenen Steuerpolitik haben wir überall Gratis-Flatrate.

*Schnarchi:* Klasse! Hat das Borchardt immer noch den Perserkaviar an Polareiswasser mit Filet vom Hummer?

*Alle:* Hää?

*Rolli:* Da hat unser Kabinettsküken wohl ganz schön was durcheinandergebracht.

*Ley-Uschi:* Wie sagte doch schon mein Vater, der Bahlsenboss: Stil hat man, oder man lässt es bleiben.

*Schwesterle:* Apropos bleiben: Wenn ich wie immer bis zum Schluss bleibe, wie komme ich dann hinterher nach Hause? Ist nachts überhaupt die Flugbereitschaft im Einsatz?

*Misere:* Die der Bundeswehr auf jeden Fall. Aber nicht, dass du wieder eine Transall nimmst und in Kabul umsteigst. Für Strecken unter drei Kilometern reicht auch ein Kampfhubschrauber.

*Angie:* So Kinderchen, die Zeit drängt. Leyen, wie tippst du FC Bayern gegen HSV?

*Ley-Uschi:* Was zum Fritz Teufel hat das damit …

*Angie:* Jetzt sag einfach deinen Tipp.

*Ley-Uschi:* 5: 0, aber …

*Angie:* Und Röschen tippt Eishockey: Berliner Eisbären gegen Kölner Haie?

*Röschen:* Da sag ich mal 8:4.

*Angie:* Danke, das war's dann. Wir haben also nach einer eingehenden, streckenweise hart und kontrovers geführten Debatte beschlossen, die Weichen für …

*Brüderle:* … hoffentlich keine der Deutschen Bahn …

*Angie:* … die Weichen für eine glückliche Zukunft unseres Landes zu stellen. Deshalb werden die

Hartz-IV-Empfänger nicht 2, nicht 3, nicht 4, sondern 5 Euro und ihre Kinder nicht minus 2, nicht minus 1, sondern plusminus 0 Euro mehr erhalten. Außerdem werden die Krankenkassenbeiträge jährlich um einen Prozentpunkt erhöht, und zwar für die nächsten vier Jahre.

*Röschen:* Hallo? Sonst noch was?

*Angie:* Ach ja, hätt ich beinahe vergessen. Die Ortungs-Chips kommen.

*Schnarchi:* Wie bitte? Ich als Justiz...äh...ministerin.

*Angie:* Ach du bist das. Ich bin Angie, angenehm.

*Schnarchi:* Freut mich auch. Aber wie war das jetzt mit diesen Ort... Ort...

*Angie:* Apropos: Wir sollten jetzt schleunigst den Ort wechseln. Ich hab einen Durst wie eine sibirische Zimtzicke.

*Ley-Uschi:* Heißt das nicht »Bergziege«?

*Angie:* Das mit den Chips steht morgen alles in der Zeitung. Also, los jetzt. Der Letzte macht das Licht aus.

# DIE TODESSTRAFE

Die ganze Sache wäre nie passiert, wären nicht sieben Ereignisse unglücklich zusammengetroffen.

1. Bröselmeier bemerkt auf der Heimfahrt vom Bankenviertel nach Frankfurt-Höchst, dass seine Zigaretten alle sind.
2. Also hält er mal eben vor einem normalweise menschenleeren Tabakladen im Parkverbot.
3. Ausgerechnet diesmal ist vor ihm ein rüstiger Rentner, der mit den Worten »Ich hab's passend« eine sechsminütige Kleingeldsuchaktion startet.
4. In der Zwischenzeit verpasst eine Politesse Bröselmeiers Windschutzscheibe ein Knöllchen.
5. Dieses Papier nimmt kurz darauf ein anderer Parksünder schnöde an sich und klemmt es zwecks Irreführung der Behörden hinter seine eigene Windschutzscheibe.
6. Logischerweise lässt der ahnungslose Bröselmeier die Frist zur Zahlung der 10 Euro verstreichen, was unweigerlich einen Bußgeldbescheid nach sich zieht.
7. Die entsprechende *Benachrichtigung über die Niederlegung eines Schriftstücks* landet zwar in Bröselmeiers Briefkasten, dort aber in einem Werbeprospekt und endet samt diesem im Papiercontainer.

Dies alles wäre nicht weiter tragisch gewesen, hätte nicht das hessische Innenministerium zwecks Intensivierung des Kampfes gegen den Weltterrorismus den LKA-Computer *Big Stepbrother* in Betrieb genommen, der sämtliche Geldbußen für Verkehrsdelikte automatisch und – im Gegensatz zu leibhaftigen Richtern – völlig leidenschaftslos und objektiv festlegte.

Eines Tages erreichte Bröselmeier eine Einladung der Justizvollzugsanstalt Frankfurt, er möge sich doch bitte am Montag, dem 11. Juni zwecks Antritts seiner Haftstrafe einfinden. Er schüttelte den Kopf, wollte spontan zur Polizei gehen und die ungeheuerliche Fälschung staatshoheitlicher Dokumente melden, aber dies hätte ihn den ganzen Vormittag gekostet, was angesichts des herrlichen Frühlingstages überhaupt nicht in Betracht kam. Und so landete der Wisch im Papierkorb.

Am 14. Juni um 5 Uhr 45 allerdings klingelte und hämmerte es an Bröselmeiers Wohnungstür Sturm. »Aufmachen, Polizei.« Dann ging alles Schlag auf Schlag: Man präsentierte ihm einen Haftbefehl, weswegen, wisse man nicht; man solle ihn lediglich auf schnellstem Weg im Gefängnis abliefern.

Es folgte die unvermeidliche, in jedem dritten Vorabendkrimi zelebrierte Begrüßungsprozedur: Schlips, Schnürsenkel und alle anderen gefährlichen Selbstmordwerkzeuge waren abzugeben; ebenso die kleine Nagelfeile, mit der er fremder Leute Herz durchbohren, und seine Uhr, die er als Schlagring benutzen könne. Schließlich wurden noch die Fingerabdrücke genommen und ein paar Fotos fürs Familienalbum geschossen – im Falle eines Ausbruchs auch fürs Fahndungsplakat verwendbar.

Längst fühlte Bröselmeier sich wie in einem Film; irgendwie beängstigend, aber andererseits ziemlich aufregend. Kaum hatte er in Begleitung zweier Anstaltsbediensteter den engen Zellengang erreicht, da schlugen ihm ohrenbetäubender Jubel, Bravo-Rufe und Beifall entgegen. Aber wieso eigentlich?

»Tja.« Der jüngere Beamte zuckte mit den Schultern und schien sich ein Lächeln zu verkneifen.

Da man für Bröselmeier ein Einzelzimmer in einem ansonsten offenbar leeren Gebäudeteil reserviert hatte, erfuhr er den Grund seiner Popularität erst bei seinem Hofgangdebüt.

Schon beim Betreten des Frischluftareals gab's Szenenapplaus und anerkennendes Schulterklopfen. Und da keiner wusste, dass Bröselmeier den Grund für seinen Urlaub auf Staatskosten nicht kannte, werteten sie seine Fragen als supercoolen Humor. Erst Krokolederhandtaschen-Joe, der wegen 7-fachen Raubmordes 14-mal lebenslänglich plus 322 Jahre und 17 Tage erhalten hatte, klärte ihn auf. »Hätte wetten können, dass bei uns die Todesstrafe abgeschafft ist«, brummte er. »Aber man lernt eben nie aus.«

Todesstrafe?!?

Bröselmeier war zu überrascht, um schockiert zu sein. Er stieß nur ein heiseres Kichern hervor, das sich zusehends zum hysterischen Lachkrampf entwickelte. Jetzt gingen die Leute von *Vorsicht Kamera* aber ein wenig weit.

Nach dem Fitnessauslauf wollte ihn allerdings der Anstaltsleiter sprechen. Da Bröselmeier keinen anderen Termin hatte, nahm er die Einladung an.

Baumann begrüßte ihn überschwänglich: »Herr Bröselmeier, alter Junge! Hoffe, Sie hatten eine angenehme Anreise. Sind Sie mit Ihrer Unterkunft zufrieden? Es soll Ihnen bei uns an nichts fehlen. Wenn irgendetwas ist, wenden Sie sich ohne falsche Scheu direkt an mich. Wie werden jedenfalls alles tun, Ihnen den Aufenthalt bei uns so angenehm wie möglich zu gestalten.«

In Bröselmeier kroch nach und nach ein nervöses Unbehagen hoch: »Was hat das zu bedeuten?«

Baumann lächelte schuldbewusst. »Ach ja, richtig! Hätte ich beinahe vergessen. Hier also ist das amtliche Urteilsdokument. Man konnte es Ihnen wohl bislang nicht zustellen.«

Fassungslos las Bröselmeier: »Im Namen des Volkes ergeht folgendes Urteil: Der Angeklagte wird wegen Verstoßes gegen die Straßenverkehrsordnung zum Tode verurteilt. Die Kosten des Verfahrens trägt der Angeklagte.«

Bröselmeier wurde schwarz vor Augen. »Aber das ist doch Nonsens!«, stieß er hervor.

»Naja«, beschwichtigte Baumann. »Es ist nicht ganz unüblich, dass der Verlierer die Prozesskosten zahlen muss.«

Jetzt verlor der Todeskandidat doch die Contenance. »Das meine ich doch nicht«, brüllte er. »Ich will wissen, wie dieser ganze Schwachsinn …«

»Das darf und kann ich Ihnen leider nicht beantworten«, unterbrach Baumann besänftigend. »Das wird Ihnen alles Ihr Anwalt erklären.«

»Anwalt?«, lachte Bröselmeier heiser. »Ich habe doch …«

»... gar keine Anwalt.« Etwas unangebracht imitierte Baumann den Italiener aus der Kaffeewerbung. »Ich weiß. Deswegen haben wir Ihnen auch bereits einen erstklassigen Pflichtverteidiger besorgt.«

Dr. Juhr war ein rüstiger Endzwanziger, dessen Elan an eine Mischung aus Wahlkreiskandidat und Verkäufer von windigen Immobilienfonds erinnerte. »Es ist ganz einfach«, dozierte er. »Da Sie damals die Verwarnung nicht bezahlt und auch keinen Einspruch eingelegt haben, kam es zu einem virtuellen Prozess.«

»Was ist los?«

»Äh, virtueller Prozess bedeutet, dass alle denkbaren Argumente der Anklage und der Verteidigung vom Computer abgewogen und zu einem Urteil inklusive Strafmaß verarbeitet werden.«

»Und dabei kommt die Todesstrafe heraus?«

»Normalerweise natürlich nicht; aber auch Computer machen Fehler.«

»Fehler?«, hörte Bröselmeier sich reden. »Bei uns gibt es doch gar keine Todesstrafe. Wie kann die, selbst bei einem ... ›Fehler‹ ... im Urteil auftauchen?«

»Dafür gibt's eigentlich nur zwei Gründe«, fuhr Dr. Juhr fort. »Zum einen: Unsere Computer sind weltweit vernetzt, also auch mit FBI, CIA und so weiter. Naja, und unsere amerikanischen Freunde haben bekanntlich noch die Todesstrafe.«

»Tss! Das wird ja immer absurder.«

»Der zweite Grund ist die hessische Landesverfassung. Da heißt es in Artikel 21, Absatz 1 ...«, Juhr platzte fast vor Wichtigkeit und Stolz, dass er den Text auswendig konnte, »... ist jemand einer strafbaren Handlung für schuldig befunden worden, so können ihm aufgrund der Strafgesetze durch richterliches Urteil die Freiheit und die bürgerlichen Ehrenrechte entzogen oder beschränkt werden. Bei besonders schweren Verbrechen kann er zum Tode verurteilt werden.«

»Aber das ist doch Nonsens«, schrie Bröselmeier.

»Richtig, aber da Bundesrecht über Landesrecht steht und das Grundgesetz die Todesstrafe nicht vorsieht, hat der hessische Artikel keinerlei Bedeutung.«

»Keinerlei Bedeutung?!« Inzwischen war Bröselmeier rot-violett angelaufen.

»Bisher keine Bedeutung«, korrigierte Dr. Juhr. »Sie sind der Erste.« Es klang fast wie ein Kompliment.

»Aber jeder weiß doch, dass das Ganze nur ein Missverständnis sein kann und noch dazu völliger Quatsch ist.«

»Natürlich«, erwiderte der Anwalt betrübt, »aber darum geht's hier leider nicht mehr. Wurde die Einspruchsfrist versäumt und das Urteil rechtskräftig, dann ist es nicht mehr anfechtbar. Auch nicht vor dem Bundesverfassungsgericht.«

»Und was nun? Irgendjemand muss diese Idiotie doch aus der Welt schaffen können.«

»Grundsätzlich ist die Justiz aus gutem Grund unabhängig. Also kann ihr die Politik auch nicht in ihre Urteile reinreden. Selbst der Petitionsausschuss des Bundestages nicht. Der kann höchstens beim Gesetzgeber, also bei Bundestag und Bundesrat, Druck machen, dass so etwas künftig nicht mehr vorkommt.«

»Das nützt mir aber ganz gewaltig.«

Nun startete Dr. Juhr eine zweite Optimismus-Offensive. »Ich werde versuchen, die Sache in lebenslänglich umwandeln zu lassen.«

»Sind Sie irre? Lebenslänglich ...«

»... ist immer noch besser als tot. Dann können wir in fünf bis zehn Jahren ein Wiederaufnahmeverfahren beantragen, und bei guter Führung kommen Sie normalerweise sowieso nach fünfzehn Jahren wieder raus.«

»Haben Sie sie noch alle?« Bröselmeier sah sich mehr und mehr aus der Realität in eine düstere Alptraumwelt entschwinden. »Und die Parteien?«, fragte er tonlos.

»Kein Interesse, höchstens die Grünen. Im Prinzip. Aber die haben jetzt gerade ihre Kampagne, ›Freiheit für die unterdrückten Rufnummern‹.«

In der Regierung allerdings herrschte Alarmstufe Rot. Ein Todesurteil ausgerechnet in diesem unserem Lande gefährdete nicht nur den Standort Deutschland, also die Bereitschaft der Investoren, sich die paradiesischen Bedingungen zur Erzielung Ultramegasupergigaprofite aufdrängen zu lassen. Welcher Topmanager wollte schon in einem Land arbeiten, in dem ihn ein läppischer Sexualmord den Kopf kosten konnte?

Auch würde die Verhängung eines Todesurteils die ohnehin nicht überwältigenden Chancen zur Wiederwahl der Regierungsparteien auf Mikrobengröße schrumpfen lassen. Da half es auch nichts, den Delinquenten in letzter Sekunde vor dem unnatürlichen Ableben zu bewahren: Wem man den Schwarzen Peter auch zuschob – den Herstellern des Computermonsters oder denen, die es bedienten, den hessischen Regenten oder dem internationalen Cyberterrorismus –, der Großteil der Schuld würde an der Regierung hängenbleiben.

Nicht einmal Totschweigen war möglich; dazu hatten schon zu viele Leute Wind von der Sache bekommen. Auch die Standardlösungen »Unters Auto gekommen«, »Die Treppe heruntergefallen« oder »Opfer eines Überfalles« schieden diesmal aus.

Blieb also nur eins: Die ganze Sache als Resultat einer unheilvollen Verkettung unglücklicher Umstände hinzustellen. Und so einigten sich die Regierungen Hessens und Deutschlands mit ihren Parteispendern auf die Lesart, dass das skurrile Todesurteil niemals existiert habe, sondern ausschließlich in der Gerüchteküche entstanden sei.

Dieser Version schlossen sich nach stundenlangem, nervenaufreibendem Ringen um die Wahrheit die Medien an. Der Platz für die Berichterstattung war dieser Tage ohnehin stark beschnitten durch eine Flut teurer Werbespots und Inserate.

Lediglich ein junger ehrgeiziger Journalist namens Handauf tanzte aus der Reihe und besuchte Bröselmeier in seiner Zelle.

»Wir machen den Skandal zum Superthema«, posaunte er. »Mindestens zehn Aufmacher, eine zehnwöchige Serie, Buch, Film, Hollywoodkarriere. Mann, ich bring Sie ganz groß raus!«

»Apropos raus«, unterbrach Bröselmeier nervös. »Das Wichtigste ...«

»Schon klar.« Lässig wie Mr. Bean winkte er ab. »Am besten, Sie schreiben mir erst einmal Ihre Lebens- und Leidensgeschichte auf. Zeit genug haben Sie ja, 'tschuldigung. Außerdem bräuchte ich Namen, Telefonnummern und Adressen Ihrer Verwandten, Bekannten, Geliebten, früheren Freundinnen ...«

»Sonst noch was?«, polterte Bröselmeier. »Vielleicht auch eine Kontovollmacht?«

»Ich verstehe ja, dass Sie zurzeit mit den Nerven runter sind. Aber wir wollen doch Ihre Story möglichst gut vermarkten, ich meine natürlich erzählen. Und dazu müssten Sie mich, wo sie gerade von Vollmacht sprachen, mit der exklusiven Wahrnehmung ihrer medialen Interessen beauftragen. Als Agenten sozusagen.«

Entgegen seiner Überzeugung unterschrieb Bröselmeier tatsächlich. Er merkte, dass er schon nach den letzten und kürzesten Strohhalmen griff; ähnlich wie Krebskranke, die den überteuerten und gesundheitsschädlichen Wundermittelmüll der Pharmabetrüger kaufen. Hauptsache, er kam hier raus.

»So.« Handauf erhob sich. »Ich muss wieder. Ohren steifhalten und Kopf hoch! Da fällt mir übrigens ein: Was haben Sie für eine Wohnung? Wenn entgegen aller Wahrscheinlichkeit doch was schief geht, wird doch Ihre Wohnung bald frei, und meine Schwägerin sucht ...«

»Jetzt aber raus!«

»Naja«, meinte Handauf zum Abschied einfühlsam, »das kann ich ja auch mit Ihrem Nachlassverwalter besprechen.«

Chefredakteur Schmierenberg war von Handaufs Coup begeistert. An dessen Plan allerdings hatte er eine klitzekleine Korrektur. »Sie wissen ja, ›Hund beißt Mann‹ ist keine Story.«

»Klar, Schief. Sondern ›Mann beißt Hund‹.«

»E-bend, Handauf. ›Mann beißt Hund‹ und nicht ›Mann will Hund beißen‹.«

Handauf wurde heiß und kalt vor fiebriger Erregung. »Sie meinen also ...«

»Wir retten ihn natürlich nicht, sondern lassen die Hinrichtung geschehen und kommen *dann* mit unserer Story.«

»Verstehe«, nickte Handauf mit verschwörerischer Miene. »So wie eine Regierung von einem geplanten Terroranschlag weiß, ihn aber geschehen lässt, um ...«

»Davon will ich nichts hören. Ist doch Politik.«

In Bröselmeier ging langsam, aber sicher eine Veränderung war. Es war bei ihm wie bei den meisten Menschen, sie gewöhnen sich mit der Zeit an die absurdesten Situationen und fügen sich in ihr Schicksal. Entführte beispielsweise fühlen und benehmen sich nach einer gewissen Zeit häufig so, als wären sie niemals etwas anderes als Geiseln gewesen. Ebenso glaubten nach dem Zweiten Weltkrieg viele Naziverbrecher und Mitläufer offenbar selbst, sie seien in Wahrheit NS-Kritiker, wenn nicht sogar Widerstandskämpfer gewesen.

Bröselmeier jedenfalls hatte sich bereits nach kurzer Zeit im Knast bestens eingelebt und neue Freunde wie Schlitzer-Ede, Killer-Joe und Serienkiller-Paul gefunden. Er hatte sich für das Knastfußballturnier in vier Monaten angemeldet und bewarb sich um eine Stelle in der Gefängnisbibliothek. Hier war sein neues, sein erstmals wirkliches Zuhause.

Nur zwei Besuche durchbrachen seine neue innere Ruhe und holten ihn auf den Boden der Realität zurück: Noch war er ja kein Lebenslänglicher, sondern Todeskandidat.

Bröselmeier bekam Besuch von Mister Jöhs, einem freischaffender Henker einer texanischen Liquidationsfirma. Als Enkel eines 1945 eingewanderten Obersalzbergers sprach er akzentfreies Stakkatodeutsch mit rollendem *R*. »Sie sind ein wahrer Glückspilz. Im Gegensatz zu meiner sonstigen Kundschaft können Sie sich Ihre Todesart selbst aussuchen. Strick, Spritze, Fallbeil, Schrottpresse, im Zuge der Globalisierung sogar Steinigung oder Schwert – überlegen Sie in Ruhe. Schließlich erlebt man so ein Ereignis nicht allzu oft, hähä.«

Bevor Bröselmeier dazu kam, sich aufzuregen, betrat ein Mann in schwarzem Konfektionsanzug seine Zelle.

»Ich bin Monsignore Fromm«, säuselte er. »Sei gesegnet, mein Sohn.«

Ehe Bröselmeier auf seinen Status als staatlich anerkannter Atheist hinweisen konnte, hatte Fromm aus seinem Aktenkoffer eine *Heilige Schrift*, eine Flasche 1996er Messwein *Bärenauslese* und zwei Kelche hervorgezaubert. »Auf das Jenseits«, prostete er Bröselmeier zu. »Auf Gott Vater, Gott Sohn und den Heiligen Weingeist.« Feierlich räusperte er sich: »Es ist mein erster Besuch bei einem Todeskandidaten. Aber zum Glück habe ich viel darüber in Gefängnisfilmen gesehen. Also dann erzählen Sie mal, damit ich Ihnen den Trost des Allmächtigen spenden kann.«

Der Todgeweihte nahm einen großen Schluck. Er begann von seiner behüteten Kindheit zu erzählen und endete bei seiner einsamen und abgeschirmten Arbeit in den Türmen des Frankfurter Bankenviertels.

Nach der zweiten Flasche tranken beide Brüderschaft, nach der dritten brach Fromm auf. Er müsse noch gut eine Stunde Auto fahren und eine Messe bei den Anonymen Alkoholikern lesen.

Eines trüben Novembermittwochs – auf dem Hof hatten sich die ersten Glatteisflächen gebildet – erreichte Bröselmeier eine Nachricht, die sein mittlerweile beschauliches Leben ebenso plötzlich beendete, wie es begonnen hatte.

Die hessische Landesregierung hatte eine Generalamnestie für alle Wirtschaftsverbrecher verfügt, von der auch Bröselmeier betroffen war. Schließlich hatte er ja versucht, den Steuerzahler um das Bußgeld zu betrügen.

Bröselmeiers Gesuch an den Ministerpräsidenten, ihn wenigstens das »lebenslänglich« absitzen zu lassen oder ihm Haftentlassungsaufschub zu gewähren, wurde abgelehnt. Und so irrte er nun nach einem tränenreichen Abschied von seinen neuen Freunden einsam, allein und mit seinem schwarzen Gucci-Koffer in der Hand durch die Fußgängerzone. Vor einem Waffengeschäft blieb er stehen: Was musste man für »lebenslänglich« eigentlich anstellen?

Drei Tage später berichteten die Medien von einem Amoklauf in der Einkaufspassage mit Toten und Verletzten. Bröselmeier ließ sich, nachdem er zwölf Minuten auf das SEK warten musste und schon mit dem Taxi zum Polizeipräsidium fahren wollte, widerstandslos festnehmen.

Nach der Urteilsverkündung »lebenslänglich« war er am Ziel seiner Träume: Er war wieder im Knast, fernab der feindlichen Umwelt, im Kreise seiner neuen Freunde. Die gaben ihm zu Ehren ein würdiges Willkommensfest mit Champagner, Kaviar, Hummer und Lachs, an dem auch der bestochene Wärter teilnahm.

Endlich hatte Bröselmeier einmal Glück im Leben gehabt.

# INTERVIEWPANNE

Es war der wichtigste Tag des Jahres, wenn nicht sogar des Jahrhunderts oder der Menschheitsgeschichte. Der Tag aller Tage also, gleichsam der zweitjüngste Tag. Heute Abend würde sich in nur 90 Minuten plus Überziehungskredit das Schicksal des Universums, der gesamten Menschheit und darüber hinaus des deutschen Volkes zwischen Himmel und Erde entscheiden.

Kurzum, es war die letzte Sendung »Schwachköpfe fragen, Großkotze antworten« vor der Bundestagswahl, und die vier wichtigsten Politabzocker der Nation waren geladen, ihre Wahlkampfversprechen und Visionen, ihre Beschönigungen und Beschimpfungen auszutauschen, auf dass der mündige Bürger draußen im Lande die besten Argumente erkennen und am Sonntag das Kreuz an der richtigen Stelle machen möge: Zündy Hirnriss, Schantalle Klappspat, Kevin Flitzpiep. Und er: Claudio Vollpfost.

Natürlich hatte das 95-köpfige Beraterteam Claudio genauestens eingetrichtert, dass in diesem Jahr Sachthemen die Wahl entscheiden würden und welche es waren. Diesmal nämlich kam es nicht nur auf eine patente Frisur, sondern auch auf die schicksten Schuhe, die vitalste Solarbräune, die intelligenteste Brille und eine seriöse, gleichzeitig zukunftsorientierte, nachhaltige und wohlstandsignalisierende Oberbekleidung an. Letztere, so hatten die Politwissenschaftler der Werbeagentur *Dumm und Dröge* für

Vollpfost herausgefunden, bestand in einem eleganten beigefarbenen, von einem Mailänder Modepapst persönlich entworfenen Dreiteiler.

Da stand er nun im Aufwärmraum in feindlicher Eintracht mit den Rivalen und lauschte den Anweisungen des Dialogdramaturgen. Selbstverständlich hatten alle wochenlang ihren Text bis in den letzten Zwischenruf und die allerletzte Betroffenheitsgeste exakt eingeübt, schließlich sollte alles spontan und kontrovers wirken.

Nach drei Pillen Speed und zwei Linien Koks befand sich Vollpfost in euphorischer Stimmung, als es geschah. Völlig unvorbereitet wie die Explosion im todsicheren AKW.

Eine offenbar vom Escortservice geleaste Klummschönheit wollte ihm Mineralwasser nachschenken, aber just in diesem Mini-Moment gestikulierte er und stieß gegen die Flasche. Das Erfrischungsgetränk landete auf seiner Hose, genauer gesagt, unter der Gürtellinie. Mit einem Wort: Er sah aus, als habe er das Beinkleid von innen durchnässt.

Nach einer kurzen Schockstarre durchfuhren Horrorblitze sein Hirn: Das Studio war absichtlich für Ganzkörperaufnahmen gebaut; die Menschen vor der Glotze sollten mitkriegen, falls Westerwelle mit Schäuble Händchen hielt oder die Kanzlerin vor Langeweile an ihrem Handy herumspielte.

So sehr konnte Vollpfost sich gar nicht verrenken, als dass sein Malheur nicht in alle deutschen Wohnzimmer und die der ganzen Welt übertragen würde. Er sah und hörte im Geiste schon die Aufmacher und Kommentare: »Wie will einer die Wirtschaftsinteressen im Ausland vertreten, wie im Notstandsfall die Bundeswehrmacht lenken, wenn er sich schon bei einer Talkshow vor Angst in die Hosen macht?« Ständig beide Hände vor den Schandfleck zu halten würde eine sexualpsychotische Minderheit zum Kopfkino animieren, die Normalbürger aber mit Abscheu und Entsetzen erfüllen.

Was also tun, 22 Minuten vor dem Showdown: Klamottenwechsel schied aus zeitlichen und modischen Gründen aus. Kreislaufkollaps? Geradezu tödlich: Ein Politiker konnte vorbestraft, ein Steuerhinterzieher oder Korruptionskönig sein – alles Jugendsünden. Nur eines durfte er nicht: Gesundheitlich nicht topfit sein.

Fieberhaft überlegte er.

Moment mal! Wie täuschte der Geheimdienst die islamistische Gefahr vor, wie verhinderte der Politnachwuchs eine Großveranstaltung der Konkurrenz, wie brachten sich abgehalfterte und verwahrloste C-Promis wieder ins Gespräch?

Richtig …

Ein Blick zur Uhr: Noch 20 Minuten. Das könnte, das musste reichen! Also schnell mit dem Handy ... Mit dem Handy? Dem eigenen? Rufnummernunterdrückung konnte man sich in die Haare schmieren, wenn die Kollegen vom Verfassungsschutz dran waren.

Zehn Meter vor ihm stand ein junges Mädchen, sie war allein, und sie schien hübsch zu sein – und aus seiner Partei! Noch 19 Minuten. Für behutsame Höflichkeit war keine Zeit mehr, also der Kleinen ein Angebot gemacht, das sie nicht ablehnen konnte:

Du rufst schnell mit verstellter Stimme im Sender an, und falls sie dich wirklich orten und dir auf die Schliche kommen, sagst du einfach, du hattest einen Prosecco-Blackout und es sollte nur ein Scherz sein. Als Gegenleistung bringe ich dich für die nächsten fünf Jahre in den Bundestag – und zwar ohne den Weg über die diversen innerparteilichen Besetzungscouchen.

Noch 18 Minuten. Das Parteimodel verschwand für kleine Karrieristinnen und kam eine Minute später mit Siegergrinsen wieder heraus. Unmerkliches Nicken zu Vollpfost.

Unruhe erst im Vorraum, dann im Saal.

Endlich die erlösende Nachricht: »Darf ich um Ihre Aufmerksamkeit bitten«, flötete eine blonde Senderschönheit. »Wir haben eine Bombendrohung erhalten und müssen leider …«

Unendlich erleichtert atmete Vollpfost tief durch. Gerettet. Auffällig unauffällig schlenderte seine Lebensretterin an ihm vorbei. »In einer halben Stunde am Bundespressestrand«, wisperte sie konspirativ.

Der ausgefallene Polittalk wurde nie nachgeholt und die anonyme Bombendroherin nie ermittelt.

Eine Legislaturperiode später saßen Vollpfost als Minister und seine Komplizin als Staatssekretärin im Kabinett der Regierung. Zum Wohle des deutschen Volkes, versteht sich.

## DIE ULTIMATIVE SCHMIERGELD-RÜCKFORDERUNG

Minister Krummding hatte eine Saulaune. »Wir haben drei Projekte ohne Provisionen vergeben. Was soll das? Schließlich haben wir kein Geld zu verschenken.« Es handelte sich zwar nur um Kleinaufträge, aber es ging ums Prinzip. Eine deutsche Regierung vergibt keine Aufträge an Privat ohne Bearbeitungsgebühr.

Krummding selbst hatte eine volle Million abgegriffen. Der Rüstungsdeal mit dem US-Konzern *Bombastic* über 500 Millionen Euro war reine Formsache.

Zum einen stand der Minister bei der Kanzlerin hoch im Kurs, zum anderen verfügte die Koalition über eine solide Mehrheit, die durch den peinlichen Anbiederungskurs der Opposition gegenüber der US-Regierung noch vergrößert wurde. Überhaupt konnte außer der Bevölkerung kaum jemand etwas gegen eine Geste des guten Willens gegenüber unseren atlantischen Freunden einwenden. Auf ein paar überflüssige Waffen mehr kam es eh nicht an; und die halbe Milliarde würde der Lehrer Linde lässig aus der Rentenkasse nehmen.

Was also sprach dagegen, dass Krummding seine Dankeschön-Million schon vorher ausgab? Ein Weinberg im Tessin, eine vergoldete Harley Davidson, da war das bisschen Geld schnell weg.

Dann aber geschah etwas, von dem Loriot sagt,

dass es passieren kann, aber nicht passieren darf. Irgendeine undichte Stelle verpetzte den Deal an die Medien, und als Folge davon breitete sich die ohnehin stetig steigende Kapitalismusallergie im Volk unkrautartig aus.

Auch dies wäre nicht weiter tragisch gewesen, doch die Bundestagswahl rückte immer näher. Und so entschloss man sich zum totalen Wahlbetrug: Man versprach den Analphabeten eine Comicversion des Grundgesetzes, den Betrunkenen eine Blaue Welle im Straßenverkehr und der Mittelschicht die Steuerfreiheit für Bordellbesuche.

Da aber der Bürger schon vor der Wahl Taten sehen wollte, wurden einige anrüchige Projekte wie etwa der Ausbau von Stuttgart-Stammheim zu einer Leiharbeiterkolonie erbarmungslos gestrichen. Und da das Atomausstiegsmärchen der Kanzlerin sicherste Erfolgsnummer war, musste auch Krummdings Rüstungsschmu dran glauben.

Nun besagt die moderne Dankeschön-Theorie, dass eine Leistung eine Gegenleistung oder aber die Rückgabe der Leistung erfordert – und wenn nicht freiwillig, dann eben durch Überzeugungsarbeit in Gestalt eines dreiköpfigen, mit weißen, an der linken Brusttasche ausgebeulten Anzügen bekleideten und dunkle Sonnenbrillen tragenden Zahlungserinnerungskommandos.

Krummdings Frau Monika, eine ehemalige Boulevardblatt-Redakteurin mit Nebenjob als Hostess im verlagseigenen Begleitservice, zitterte bis ins strähnchenblonde Echthaarteil. »Urplötzlich wie NTV aus der Asche ...«

»Phoenix«, korrigierte Krummding ungeduldig.

»Jedenfalls standen sie plötzlich vor meiner Wellnessliege und wollten eine Million plus zwei Millionen Bearbeitungsgebühr. Sonst ...«

»Sonst was?«

»Sonst kidnappen sie Jessica. Oder sie haben sie schon entführt, was weiß ich?«

»Du alte Schusselziege! Aber egal. Ist ja vermutlich sowieso nicht meine Tochter.«

»Aber meine.«

»Komm! Dich nervt sie doch auch. Du hast sie mit sechs ins Internat abgeschoben und weißt jetzt nicht mal genau, wo sie ist. Später soll sie in Nizza studieren und einen Ölscheich heiraten. Sag also nicht, der ideelle Verlust wäre übermäßig groß.«

»Naja, aber die Formulierung ›ich als Mutter einer heranwachsenden Tochter‹ geht mir bei Kerner so flüssig über die Lippen.«

»›Mutter einer grausam ermordeten Tochter‹ klingt noch viel ergreifender«, stellte Krummding sachlich fest.

Tags darauf riefen die *Bombastic*-Beauftragten in Krummdings Büro an. Sie hätten Jessica auf kalten Koksentzug gesetzt und planten nun die Beschlagnahme seiner Frau. Worauf Krummding durch seine Büroleiterin ausrichten ließ, er wolle sich ohnehin scheiden lassen und seine angebliche Tochter sei ein Kuckuckskind.

Folgerichtig schritt die Gläubigerseite zu Plan B und kidnappte Krummding persönlich, um ihm die nötige Muße zu verschaffen, sich etwas einfallen zu lassen, und zwar schnell.

Da hockten sie nun in einer Art Guantanamo-Suite, drei vornehm-finstere Gestalten und Krummding, unter anderen Umständen eine Doppelkopfrunde.

Der Anführer, ein Börsianertyp Ende vierzig, kam Krummding bekannt vor, und der wiederum merkte das sofort. »Sie kennen mich aus Ottos Putztruppe. Ich habe damals für die NPD ... quatsch, für den Verfassungsschutz, ich schmeiß das immer durcheinander ... Jedenfalls habe ich damals die drei linksradikalen Anschläge getürkt ... aber das ist Schnee von gestern.«

»Und jetzt?«, erkundigte sich Krummding teilnahmsvoll. »Selbständig gemacht?«

»Sehe ich so aus?«

Krummding hätte dies am liebsten bejaht, ließ es aber bleiben.

»Ich bin fest bei *Bombastic*. Vierzehn Monatsgehälter, Urlaubsgeld und vor allem 5 Prozent Erfolgsprämie.«

»Immer das alte Lied«, seufzte Krummding. »Die Amis schnappen uns die fähigsten Arbeitskräfte weg. Die zahlen einfach besser.«

»Womit wir beim Thema wären. Ihre Vertragsverletzung und Ihre Säumigkeit haben unsere Kosten explodieren lassen. Es sind jetzt schon zehn Millionen. Plus Zinsen. Zu berechnen nach dem gesetzlichen Zinssatz.«

Krummding wusste zwar nicht, wie hoch der war. Das war aber auch egal, da er ja nicht einmal die Hauptforderung begleichen konnte.

Dann aber hatte er die rettende Idee. »Ich brauche

Ihre Personalien und ein Laptop mit Internetanschluss.«

Der Börsianer war keineswegs überrascht, sondern nickte anerkennend. »Sie sind also selbst darauf gekommen?«

»Nicht sofort«, gab Krummding zu. »Aber eben wurde mir klar, dass wir zwar für die meisten Projekte die Gelder gesperrt haben, nicht aber für Beraterverträge. Also schließe ich hiermit namens des Verteidigungsministeriums mit Ihnen einen Beratervertrag über 16 Millionen Euro. Zahlbar in bar, von der ...«

»Nationalbank Zürich. Morgen früh?«

»Dürfte klappen. Dreizehn Millionen behalten Sie ...«

»Na, das ist doch ein Wort. Den Rest, nehme ich an, brauchen Sie für sich und Ihre Leute.«

»So ist es«, bestätigte Krummding abgeklärt wie ein Geschäftsmann, der er ja auch war. »Sie glauben gar nicht, wie viele Volksvertreter bei einem einzigen Beratervertrag, den wir aus Steuermitteln bezahlen, die Hand aufhalten. Sogar Staatssekretäre und Hinterbänkler sind schon dabei.«

Nachdem alles vorbei war und man sich am Flughafen Zürich »Alles Gute bis zum nächsten Mal« gewünscht hatte, stellte der Alt-68er Krummding zufrieden fest, dass er »eine Niederlage in einen Sieg verwandelt« hatte. Mao wäre stolz auf ihn gewesen.

## BERÜHMTE ERFINDUNGEN: DIE SCHWERKRAFT

Isaac Newton saß wie jeden Tag auf seiner Heizdecke und bastelte an einer Formel zur Vorhersage der Ergebnisse der mittelalterlichen Steinschleuder-Bundesliga. Bislang mit mäßigem Erfolg. Schon über hundert Guineen hatte er beim Lehnsherren-Toto verspielt. Diesmal scheiterte er am Sensationssieg der Kreuzritter Canterbury gegen die Feudalisten Folkestone.

Als dann auch noch der gräfliche Gerichtsvollzieher bei ihm auftauchte und mangels anderer Wertgegenstände seine Tochter pfänden wollte, langte es ihm. Voller Wut sprang er auf, griff nach einem Stein aus seinem Lagerfeuer und wollte ihn nach dem Schergen der königlichen Klassenjustiz werfen.

Da das Wurfgeschoss aber zwölf Kilo wog und er bei den letzten fürstlichen Fitness-Trainings unentschuldigt gefehlt hatte, landete der Koloss auf seinem eigenen rechten Fuß. Das gab ihm zu denken, und so ließ er sich auf eigenen Wunsch – mit Gipsbein zwar – aus der Abdeckerei entlassen.

Zu Hause angekommen, startete er unverzüglich seine Versuche, und zwar zunächst mit dem 28-teiligen Porzellan-Service, das er Stück für Stück aus einem Yard Höhe zu Boden fallen ließ. Und siehe da: Ob Suppenterrine oder Teetasse, Schüssel oder Teller, alles landete scheppernd auf dem Boden. Den Vorgang wiederholte er mit seinen Kristallgläsern, mit demselben Ergebnis. Dies konnte kein Zufall sein. Aber warum fiel stets alles von oben nach unten und nicht umgekehrt, auch nicht nach links oder rechts?

Nachdem er den Fußboden seines Hauses umgegraben, aber keinen versteckten Magneten gefunden hatte, dämmerte es ihm: Böse Geister, Dämonen oder Götter konnten es nicht sein, da sie mit Ausnahme der Götterspeise längst abgeschafft waren. Es musste die Erde selbst sein. Und so erfand er das Gravitationsgesetz, das alsbald vom britischen Unterhaus mit der erforderlichen Zweidrittelmehrheit verabschiedet wurde.

Damit und durch Newtons Erhebung in den Adelsstand erhielt die Schwerkraft jenen gesellschaftlichen Status, der ihr schon lange zustand.

Die Frage, warum nicht auch Sonne, Mond und Sterne auf die Erde plumpsten, konnte Newton allerdings noch nicht beantworten, und so blieb die seit Asterix und Obelix grassierende Angst der Menschen, ihnen könne der Himmel auf den Kopf fallen, noch eine Weile erhalten.

# PASSEND

»Was nicht passt, wird passend gemacht«, lautet eine alte irokesische Klempnerweisheit. Beim Einkauf diesseits des Äquators allerdings ist sie nur bedingt von Bedeutung, Belang und Brauchbarkeit.

Nirgendwo – von einem missglückten Bankraub oder Beischlafversuch einmal abgesehen – zeigt sich das wahre Gesicht unserer Mitbürger ungeschminkter als an der Supermarktkasse, wobei sich die Rentner bei Reichelt von den Arztfrauen bei Aldi und den Lehrern bei Lidl ins nichts unterscheiden.

Unter den Kunden gibt es die unterschiedlichsten Typen: Die Ladendiebe, die während des Marsches durch die Regalgänge um sichtbare 20 Kilo zunehmen; die Drängler, die sich ihre an Nahkampf grenzenden Schubstechniken offenbar beim Freistilringen oder American Football abgeschaut haben; die Gesprächstherapieschnorrer, die an der Fleischtheke das arglose Personal unter dem Vorwand eines Wursterwerbs in endlose Diskussionen über das Wetter, die Regierung oder Frau Schlottke aus dem Nebenhaus verwickeln, oder die Meckerer, die sich darüber aufregen, dass sie das Kaffeesonderangebot vom April partout nicht finden können.

Und dann sind da noch die hinterhältigen Zeitgenossen, die sich während des gesamten Einkaufs so höflich und unauffällig verhalten wie Schläfer vor einem Terroranschlag, um dann an der Kasse zuzuschlagen. Nicht dass sie den Ständer mit den Schoko-Sonderangeboten in die Luft sprengen – das ginge ja noch angesichts von Fettgehalt, Nährwert und Geschmack –, sondern sie sagen die berühmten drei Worte. Nein, nicht jenes »Ich liebe dich«, aus dem man notfalls mit Hilfe eines Scheidungsanwalts wieder herauskommt, sondern jenes Mantra, das alle Umstehenden unverzüglich in Angst und Schrecken oder dumpfe Depression versetzt: »Ich hab's passend.«

Das heimtückische, subversive Vorgehen dieser Menschen wird lehrbuchhaft demonstriert von Hermine Passlack, die erst kürzlich vom Fertiggericht Lüneburg wegen böswilligen Passsendhabens in mehr als 50 Fällen zu einem fünfjährigen generellen EU-weiten Supermarkthausverbot ohne Bewährung mit anschließender Sicherheitsverwahrung in der Gefängniskantine Stammheim verurteilt wurde.

Konspirativ und scheinbar unbeholfen schleicht sich die Täterin in die Heiligen Discounthallen, bis an die Zähne bewaffnet mit einem Einkaufswagen, den sie mit vielen billigen Allerweltswaren wie Hundefutter, Diabetikerklopapier oder Biokaviar füllt. Die Produkte sind der Kassenterroristin völlig schnuppe. Sie interessiert nur der Endpreis, genauer gesagt, die Cent-Summe, die stets über 90 liegen sollte.

Im vorliegenden Fall waren es 9,97 Euro, wie die arglose Kassiererin freundlich mitteilte und in Erwartung eines Geldscheins schon die drei Cents Wechselgeld in der Hand hielt.

Tatsächlich schwenkte Bezahlterroristin Hermine einen Zehneurolappen in der Hand, aber gerade als die Kassendame zugreifen wollte, zog Hermine ihn blitzschnell zurück und verkündete laut und deutlich mit triumphierendem Lächeln: »Ich glaube, ich hab's passend.«

Zunächst Totenstille, sekundenlang waren die Menschen hinter Hermine wie gelähmt; dann sprach sich die Schreckensbotschaft nach hinten durch wie ein Lauffeuer: »Sie hat's passend.«

Die gesamte Supermarktkundschaft verharrte in fassungsloser Schockstarre. Es war ein Gefühl wie bei einer Flugzeugentführung oder einer Wohnhausexplosion: Man erfährt davon hin und wieder aus den Medien – aber so etwas passiert doch immer nur den anderen und weit weg!

Und dann trifft es einen selbst – unvorbereitet wie bei einem Autounfall. Und ebenso wie niemand sagt: »Tschüssi, ich muss mal eben einen Alten über den Haufen fahren«, verkündet kein Mensch vorher: »Ich verschwinde für drei Stunden im Supermarkt. Da hat's sicher wieder jemand passend.«

Aber der Reihe nach. Besagte Hermine öffnete zwecks Portemonnaiesuche ein Ding, das einer Mischung aus Aktentasche und Turnbeutel glich. Sie hielt es offenbar für eine Handtasche. Dieses Behältnis fiel prompt zu Boden, wobei sich der aus Gründen der Ästhetik und des Jugendschutzes hier nicht weiter zu beschreibende Inhalt nach den Gesetzen der Schwer- und Zentrifugalkraft auf dem seit Tagen nicht mehr gewischten Linoleumboden verteilte. Nach nicht einmal zehn Minuten war er von Mitgliedern der Warteschlange wieder vollständig eingesammelt. *Fast* vollständig; denn das Wichtigste fehlte: Die Geldbörse. Die aber hatte niemand der Aufsammler und Augenzeugen gesehen, so dass nur die These blieb, die gesamte, inzwischen vierzehnköpfige Warteschlange sei eine verschworene Diebesbande, oder aber …

»Gestern bei der Maniküre war die Geldbörse noch da«, stellte Hermine fest. »Ob ich sie da auf dem Ladentisch …? Ach nein, ich war ja hinterher noch beim Optiker, meine Brille abholen.«

Und dort hatte sie auch den Zehner als Wechselgeld erhalten. Wo also war das Passendgeldaufbewahrungsteil? Eine Frau, Marke alterndes tolerantes Teeniemodel, sprach offenbar aus Erfahrung mit einem Seufzer, manchmal finde sich der gesuchte Gegenstand erst nach dem fünften Suchen in eben der Handtasche. Letztere können sich tatsächlich, ähnlich wie vieltaschige Wanderjacken, in wahre Bermudadreiecke verwandeln.

So auch hier. Nachdem Hermine endlos gekramt und reihum jeden im Umkreis von zehn Metern des Diebstahls verdächtigt hatte, schwenkte sie ein kunstledernes Etwas – im Folgenden ein wenig irreführend *Geldbörse* genannt – triumphierend in die Höhe. »Na also! Bei mir geht eben nichts verloren.«

Die Kassiererin beendete ihren zwischenzeitlichen Handyflirt und schaute Hermine erwartungsvoll und aufmunternd an. Und die legte los. Die vier 2-Euro-Münzen zu Beginn ließen hoffen. Nur noch 1,97! Jetzt sechsmal 20 Cent. Noch 77 Cent. »Jetzt nicht schlapp machen«, schien die Menge unisono zu denken. »Du schaffst es, fünfmal 10 und dreimal 5 Cent. Noch 12 Cent.«

In der Menge hatte sich das Betrachten der Uhr inzwischen zur Epidemie entwickelt. 12 Minuten – bis jetzt.

Nun dreimal 2-Cent-Münzen, die Hermine ebenfalls für Fünfer hielt, sich aber nach 43 Sekunden Dialog mit der Kassiererin und der zusehends gereizten Warteschlange überzeugen ließ.

»Grundgütiger Himmel« oder »Herrgottnochmal« entfuhr es sogar gestandenen Atheisten beiderlei Geschlechts. Ein mutmaßlicher Versicherungsdrücker in C&A-Zwirn wollte offensichtlich einen »Geschäftsmann« vortäuschen, indem er davon faselte, nun verpasse er den Direktflug nach Singapur und müsse die nächste Maschine über Bombay und Tokio nehmen. Hermine hatte sich inzwischen Cent für Cent bis auf 9 Euro 95 vorgekämpft. Dann legte sie endlich noch ein vermeintliches Eurostück auf den Tresen, dass sich aber als antike Liramünze erwies.

Nun war die Geldbörse leer, und den Zettel mit der Telefonnummer von Hermines Tochter wollte die Kassiererin beim besten Willen nicht in Zahlung nehmen, zumal vermutlich weder sie selbst noch die Supermarktkette einen Gewerbeschein für eine Pfandleihe besaß.

»Tut mir leid«, lächelte Hermine. »Ich hab's doch nicht passend.« Sprach's und reichte der inzwischen therapiereifen Kassiererin den Zehner.

»Das nächste Mal habe ich es aber wieder passend«, versprach sie. »Ganz bestimmt.«

# EIN UNAUFDRINGLICHER ZEITGENOSSE

Ein eigenes Wohnzimmer hat gegenüber einem Lokal gewaltige Vorteile. Man braucht keine Plätze reservieren zu lassen, kann essen und trinken, was, wann, wie viel und mit welchen Manieren man will, braucht kein Trinkgeld zu geben und kann die Art der audiovisuellen Berieselung selbst bestimmen, wie es in einer Demokratie üblich ist. Insofern waren wir in keiner Weise gezwungen, unseren Disput über die Wirtschaftspolitik der Regierung in einem öffentlichen Lokal zu führen. Andererseits behauptete Bine ungeachtet der stabilen Bauweise unserer Wohnung, ihr würde die Decke auf den Kopf fallen. Also wählten wir aus der Handvoll Kneipen, die es in unserem Wohnviertel gibt, eine aus.

Kaum hatten wir einen Tisch okkupiert und die beiden freien Plätze demonstrativ mit unseren Jacken belegt, trat ein unscheinbarer, seriös gekleideter Mittdreißiger an unseren Tisch und damit in unser Leben. Der Einfachheit halber nennen wir ihn Uli.

*Uli:* Verzeihung, ist hier noch frei?
*Ich:* Unsere Freunde müssen gleich kommen
*Uli:* Schade. Aber dann kann ich mich ja kurz setzen. Wenn Ihre Freunde kommen, stehe ich selbstverständlich sofort auf. Finden Sie nicht auch, gnädige Frau?
*Bine:* Schon gut. Setzen Sie sich doch.

*Uli:* Sehr liebenswürdig. Ich werde Sie bestimmt nicht stören. Mein Freund Oskar, so ein kleiner Dicker mit Brille, den müssten Sie eigentlich kennen, der geht hier um die Ecke immer bei Aldi einkaufen ...

*Ich:* Kennen wir leider nicht. Also, Bine ...

*Uli:* Bine? Hübscher Name. Kommt sicher von »Sabine«?

*Bine:* Ja.

*Uli:* Tja, woher soll's auch sonst kommen. Also manchmal stelle ich solche Fragen. Kennen Sie das auch? Sie stellen eine Frage, und in der Sekunde wissen Sie schon selbst die Antwort. Wenn die Menschen weniger überflüssige Fragen stellen würden ... Oskar zum Beispiel fragt immer: »Bist du schon da?« Dabei sieht er doch, dass ich da bin.

*Ich:* Sorry, aber wir wollten ...

*Uli:* 'tschuldigung. Das hat mir schon meine Mutter beigebracht: »Störe nie, wenn sich andere unterhalten. Das ist eine Geißel der Menschheit. ›Geißel der Menschheit‹«, hat sie gesagt. Wortwörtlich. Tja, meine Mutter. Jetzt wollen die Beine nicht mehr so recht. Aber geistig ist sie noch voll da. Der macht keiner was vor. Der nicht!

*Ich:* Was Merkel heute in Brüssel ...

*Uli:* 'tschuldigung, aber in Brüssel möchte ich nicht leben. Kinderpornos, Dioxin. Da kriegen mich keine zehn Pferde hin. Nee, also wirklich nicht.

*Bine:* Was war heute in Brüssel?

*Ich:* Wenn Merkel glaubt, sie könne die Autokonzerne ...

*Uli:* Auto ist sowieso Quatsch in der Großstadt. Jede Wette: Ich komme von Tegel bis zum Müggelsee mit der S-Bahn schneller als jeder Ferrari.

*Bine:* Sehr richtig. Sagen Sie das mal meinem Mann.

*Ich:* Also, mit welcher Chuzpe die Kanzlerin die Forderungen von VW ...

*Uli:* VW? Kommen Sie mir nicht mit Opel! Überhaupt die deutschen Autos. Die Japaner, die Amis und sogar die Koreaner husten uns was. Ich habe da neulich im Automagazin ... Warten Sie, ich hab's gleich.

*Ich:* Verzeihung, aber wir unterhalten uns gerade.

*Bine:* Unterhalten ist gut.

*Uli:* Ja, natürlich, Entschuldigung. Wissen Sie, dass Sie ein sehr sympathisches Paar sind?

*Bine:* Danke sehr. Und jetzt will ich endlich wissen, was Merkel heute in Brüssel gesagt hat.

*Ich:* Sie hat die Altauto-Verordnung auf Geheiß von Piëch ...

*Uli:* Pietsch, der alte Schweinepriester! Wusste gar nicht, dass der überhaupt noch lebt. Hätte schwören können, der hat sich damals totgesoffen. Als der noch seine Kneipe in Kreuzberg hatte, mein lieber Schwan.

*Bine:* Nicht Pietsch: Piëch.

*Uli:* Hat er also auch noch seinen Namen geändert. Hätte ich auch gemacht – bei den Schulden! Dem haben nicht mal mehr die Weinflecken auf seinem Hemd gehört.

*Ich:* Mir fällt gerade ein, Bine, ich habe das Badewasser laufen lassen.

*Bine:* Ausgeschlossen. Ich war als Letzte im Bad.

*Uli:* Ja, ja, die Frauen. Die denken einfach an alles. Aber auch bei den Frauen gibt's solche und solche. Als Heidi abgehauen ist, hat sie sogar die Espressomaschine mitgenommen, obwohl sie gar nicht weiß, wie die funktioniert.

*Ich:* Also, Bine, hier kommt sowieso keine Bedienung, und außerdem habe ich Hunger.

*Bine:* Gehen wir zu Alberto, da waren wir ewig nicht.

*Uli:* Gute Idee. Zum Glück haben wir ja noch nicht bestellt ...

Auf der Straße platzte mir endgültig der Kragen: »Hören Sie zu: Merken Sie denn nicht, dass wir uns in Ruhe unterhalten wollen, und zwar allein!«

Daraufhin sah mich Uli mitleidig an: »Sie können sich ja gar nicht allein unterhalten. Wäre ich nicht gewesen, hätten sie sich nur angeschwiegen. Sie sollten mal zu einer Eheberatung gehen. Dr. Wurz, Elsenstraße 14. Wie wär's mit Montag 9 Uhr? Ich nehme Sie auch als Erste dran.«

# PREISWERT ESSEN GEHEN

In Zeiten der globalen Finanzkrise gehen immer weniger Mitbürger ins Restaurant. Dies liegt gar nicht mal an den Steaks, die man nur mittels einer Elektrosäge zerkleinern kann: Essen gehen ist den meisten einfach zu teuer.

Aber das muss nicht sein, im Gegenteil: Mit etwas Findigkeit können wir sogar gratis speisen, wie folgende Beispiele für zwei Personen zeigen.

Wir wählen einen Tisch, an dem bereits andere Gäste sitzen. Die verwickeln wir in ein belangloses Gespräch, wobei wir mit lautem Lachen nicht sparen. Schon bald entsteht beim Personal der Eindruck, es handle sich um eine fröhliche Clique. Wenn wir dann unser Fünf-Gänge-Menü und eine Flasche Schampus genossen haben, verabschieden wir uns mit einem unüberhörbaren: »Na dann bis zum nächsten Mal!« Den Kellner lassen wir gutgelaunt wissen: »Unsere Freunde zahlen.« Ehe der Schwindel auffliegt, sind wir längst über alle Berge.

Nachdem wir allerlei Köstlichkeiten vertilgt haben, rühren wir vier mitgebrachte Fliegen oder Küchenschaben unauffällig in unser Dessert. Unvermittelt stoßen wir dann ein schrilles »Igitt« aus, was sämtliche anderen Gäste aufmerksam macht. »Sehen Sie sich das an«, fahren wir den herbeigeeilten Kellner an. »Ungeziefer im Essen ist ja wohl das Letzte! Ein glatter Fall für das Gesundheitsamt.« Und an die Runde der anderen Besucher gewandt: »Sehen Sie sich jeden Bissen genau an, bevor Sie ihn herunterwürgen.« Der Tumult ruft den Geschäftsführer auf den Plan, der nichts weniger brauchen kann als Gerüchte über mangelnde Hygiene. Er bietet uns an, »Gäste des Hauses« zu sein, wenn wir nur den Krach einstellen und möglichst schnell gehen. Das lassen wir uns nicht zweimal sagen.

Nachdem wir genügend zu uns genommen haben, um eine sündhaft hohe Rechnung zu erreichen, gehen erst unser Partner, dann wir selbst auf die Toilette. Vorher bestellen wir noch einen Nachtisch und eine Flasche edlen Weins. Als zusätzlichen Beweis, dass wir nicht türmen wollen, lassen wir über den Stuhllehnen unsere Jacken zurück, die wir für insgesamt 5 Euro auf dem Flohmarkt erworben haben.

Kurz vor Ende des Essens täuschen wir eine Herzattacke vor und gleiten vom Stuhl auf den Boden. »So rufen Sie doch den Notarzt«, schreit unser Partner hysterisch, was der geschockte Kellner auch tut. Natürlich kann der Notarzt vor Ort nicht viel machen und lässt uns unverzüglich ins nächste Krankenhaus transportieren. Wir begleiten ihn, und der Ober wagt es nicht, in dieser Situation die Rechnung zu präsentieren – was sollen denn die anderen Gäste denken! In der Notaufnahme verdünnisiert sich zunächst unser Partner, dann wir selbst. Sollte zuvor irgendjemand unseren Partner nach Personalien und Krankenkasse fragen, so sagt er, die Person erst heute Abend kennengelernt zu haben und folglich nichts zu wissen. Ausweise haben wir nicht dabei, die müssten noch im Restaurant liegen.

Etwas riskant, aber meist erfolgreich: Nach der Vorspeise fragen wir den Geschäftsführer, ob man hier eine Feier mit 100 Personen ausrichten könne. Geld spiele keine Rolle. Das Finanzhirn des Geschäftsführers arbeitet fieberhaft. »Natürlich«, sagt er. Nun »flüstern« wir so, dass der Kellner es mithören kann und sich einbildet, er hätte uns belauscht. Wir reden von Alternativangeboten anderer Lokalitäten. Jedenfalls bekommen wir das leckerste Essen, und um uns zu bestechen, erlässt er uns die Rechnung.

# FALSCH VERBUNDEN

Das Telefon klingelte, und wie immer meldete ich mich mit einem fröhlich-höflichen »Wer stört schon wieder?«

»Knochenbrecher-Eddy hier. Kann ich mal Diamanten-Charly sprechen?«, fragte eine mittelalterliche Tenorstimme.

»Is nicht da«, erwiderte ich wahrheitsgemäß; schließlich wohnt bei mir kein Diamanten-Charly. Genau genommen kenne ich gar keinen Diamanten-Charly.

»Macht nix, dann bist du sicher Autoknacker-Joe.« Ehe ich verneinen konnte, sprudelte der Unbekannte drauflos. »Du bist also der Neue. Dann grüß Charly mal schön. Und unser Ding am Freitag geht klar. Der Filialleiter verlässt um 7 Uhr 20 das Haus. Kidnapper-Freddy und Charly klingeln an seiner Haustür um 7 Uhr 30 – merk's dir: 7 Uhr 30 – und nehmen seine Alte als Geisel.«

»Augenblick mal«, wandte ich halbherzig ein, aber Neugier schlug mein Richtigstellungsbedürfnis.

»Wir beide«, fuhr Tenor Eddy fort, »fangen den Banktypen gegen 7 Uhr 50 vor seiner Filiale ab. Die Knarre hab ich mir vorhin schon von Paule geholt. Wir rufen über Handy Charly an und lassen den Filialleiter mit seiner Alten sprechen. ›Die bringen mich um, wenn du nicht zahlst‹, oder so ähnlich wird sie kreischen. Ich dann mit dem Filialleiter rein in die Bank; und du holst in der Zwischenzeit die

Fluchtkarre. Steht um die Ecke, Schlüssel kriegst du vorher von mir. Um Punkt 8 Uhr 10 fährst du vor der Bank vor. Auf keinen Fall früher, so lange in zweiter Spur, das fällt auf. Dann komme ich mit der Kohle, und wenn wir um etwa 8 Uhr 30 auf dem Parkplatz am Supermarkt in unsere eigene Karre umgestiegen sind, geben wir Charly und Eddy Meldung. Die beiden fesseln und knebeln die Alte und machen sich dünne. An der Autobahnraststätte treffen wir uns, teilen die Kohle, und die Sache ist erledigt. 200 000 pro Nase; ist doch besser als nichts.«

»Allerdings«, musste ich zugeben.

»Und von wegen Alibi: Während der Tatzeit waren wir vier zu einem flotten Fünfer bei Lola.«

Kurz nachdem der Unbekannte aufgelegt hatte, rief Lisa an. Ob es bei unserem Ostseetrip von Donnerstag bis Sonntag bliebe.

»Sorry, Engelchen«, murmelte ich verlegen. »Mir ist für Freitag was Geschäftliches dazwischengekommen, aber ...«

»Mal wieder typisch«, fauchte sie.

»Bleib cool«, beschwichtigte ich sie. »Kompromissvorschlag: Erst ab Sonnabend; aber dafür Paris und ein Luxus-Hotel.«

Diese Offerte stellte Lisa mehr als zufrieden.

Jetzt musste nur noch das Ding am Freitag glatt gehen. Zwar hatte ich so etwas noch nie gemacht. Ein Speisekartendiebstahl in einer 5-Sterne-Kaschemme war meine bislang kriminellste Handlung gewesen. Andererseits war ich immer sehr flexibel und hatte mich schon in alle möglichen Jobs schnell eingearbeitet.

Als ich mich verabredungsgemäß dem Fluchtauto näherte, sah ich schon von weitem die Freunde und Helfer. »Das Auto ist gestohlen gemeldet«, brummte der Polizist. »Da hat der Besitzer aber Glück gehabt. Häufig werden solche Autos nämlich für Banküberfälle benutzt.«

Möglichst unauffällig machte ich kehrt. »Schade um die 200 000«, dachte ich.

In der Abendschau sah ich dann, dass man ein paar Typen gefasst hatte, die nach einem Bankraub zu Fuß flüchten wollten.

Am darauffolgenden Wochenende holten Lisa und ich unseren Ostseetrip nach. Und wer weiß, vielleicht klappt es mit Paris irgendwann doch noch. Meine Nummer steht im Telefonbuch.

## BERÜHMTE ERFINDUNGEN: DIE BIBEL

Es war ein schwüler Spätsommertag. Die Schafskopfrunde – Markus Söder, Lothar Matthäus, Johannes B. Kerner und Lukas Podolsky – lümmelte gedankenverloren am See Genezareth und sah ihren Frauen beim Fischen zu.

»Diese faulen Weiber«, fluchte Johannes. »Erst drei Ölsardinen, fünf Rollmöpse und zwei Gramm Lachsersatz haben sie gefangen.«

»Wenn das so weitergeht, werden wir unser heiligstes Gelübde brechen müssen«, unkte Matthäus.

»Waas?«, japste Lukas entsetzt. »Du meinst tatsächlich, wir werden uns eine Arbeit suchen müssen?«

»Da würde uns Karel Gott, der Schöpfer von Himmel und Erde und Herr aller Schnulzen, aber mächtig zürnen«, warnte Markus. »Denn es steht geschrieben: Arbeit versaut den ganzen Tag.«

»Und der Erzengel Gunter Gabriel hat dereinst verkündet«, pflichtete Johannes ihm bei, »wer arbeitet, hat keine Zeit zum Geldverdienen.«

Da begab es sich, dass die vier emsigen Weiber mit der Gründung einer Frauen-WG und der Scheidung drohten, denn sie wollten nicht ewig von Sinai IV leben.

Dies aber war ein Argument, dem sich die Männer nicht verschließen konnten.

»Was machen denn die anderen Faulpelze?«, fragte Matthäus in die Runde. »Sie schreiben ein Buch.«

»Aber sie scheitern allesamt jämmerlich«, wandte Lukas ein, »weil der Buchdruck noch nicht erfunden worden ist.«

»Was erwarten unsere Frauen eigentlich von uns!«, moserte Markus. »Selbst wenn wir über das Wasser liefen, würden sie uns vorwerfen, wir könnten nicht schwimmen.«

»Mo-ment!«, rief Johannes aus. »Das ist es!«, jubelte er. Und wäre er nicht so faul gewesen, hätte er einen Freudentanz vollführt.

Die anderen erschraken gewaltig und wollten schon den Notmedizinmann holen.

Aber Johannes ließ sich nicht beirren. »Wir erfinden ein Nonsens-Märchen und nennen es ›Relegion‹.«

»Das klingt ja wie Aufruhr gegen die römischen Legionen«, warnte Lukas. »Wir sind schließlich keine Gallier, sondern ehrliche Tagediebe.«

»Dann eben Religion«, beharrte Johannes, »mit i. Dann können uns die Römer gar nichts.«

Nun fand auch Matthäus Gefallen an der Idee. »Ein haarsträubendes Märchen also, und je abgefahrener, desto besser. Von einem, der über das Wasser laufen kann.«

»Genau!« Auch Markus fing jetzt Feuer. »Ein Supermann, der es durch Handauflegen schafft, dass Lahme wieder sehen und Blinde wieder laufen können. Oder so ähnlich.«

»Vor allem sollte er eines können«, seufzte Lukas mit einem betrübten Blick auf die leeren Tonkrüge, »Wasser in Wein verwandeln. Unsere Bethlehemer Spätlese ist schon wieder alle; und von diesem lauwarmen Tiberias Urquell kommt man nicht so recht in Stimmung.«

Zum Glück aber hatte Johannes noch fünf Karaffen Galiläa-Riesling in Reserve, so dass die Religionsschöpfung weitergehen konnte.

Als alle etwa 2,5 Promille im Blut hatten, sprudelten die Ideen nur so.

»Wir müssen klotzen statt kleckern«, tönte Markus. »Supermann ist das Resultat eines Seitensprungs seiner Mutter. Und die macht ihrem gehörnten Alten weis, der Erzeuger wäre Gott persönlich.«

»Mein lieber Jolly«, entfuhr es Lukas. »Das glaubt uns doch keine Sau.«

»Und ob«, widersprach Matthäus grinsend. »Wenn es jemand nachprüfen will, hat er Pech gehabt. Wir lassen unseren Gottessohn nämlich von den Toten wiederauferstehen und gen Himmel entschwinden. Weg isser; da können die lange suchen.«

Plötzlich wurde Johannes feierlich: »Ich sage euch: Die Sache ist nicht nur gut, sondern hat eine gigantische Zukunft. Wenn unsere Nachfolger es richtig anstellen, finden in unserer Religion alle Unterschlupf … Es wird Häuser geben, in denen sie verkündet, Schulen, an denen sie gelehrt wird …«

Es folgte minutenlanges andächtiges Schweigen.

»So«, rief Johannes dann entschlossen. »Und nun zur Umsetzung: Statt ›Der Wolf und die sieben Geißlein‹ nennen wir die Story ›Supermann und die 12 Aufrechten‹.«

»Yes, Sir«, lallte Lukas.

»Das ist es!« Markus hatte einen Geistesblitz. »Yes Sir – Jessus – Jesus. Supermann heißt Jesus.«

»Jesus?«, fragte Lukas mit glasigem Blick. »Da kriste ja 'n Lachkrampf.«

»Kriste! Ausgezeichnet«, entfuhr es Matthäus. »Wenn du blau bist, hast du die besten Ideen. Die Gläubigen heißen Christen; und der Kerl folglich Jesus Christus.«

»Dann fangen wir morgen gleich an«, schlug Markus tatendurstig vor.

»Genau«, pflichtete Johannes bei. »Vier sind wir, also brauchen wir vier Fassungen. Hier gilt dasselbe wie bei getürkten Alibis. Sie müssen im Wesentlichen übereinstimmen, in den Details aber unbedingt voneinander abweichen. Sonst glaubt uns keiner, dass wir das Zeugs unabhängig voneinander fabriziert haben.«

»Außerdem sollten wir die Geschichte vor etwa hundert Jahren spielen lassen und uns auf mündliche Überlieferungen berufen. Du wirst sehen, unsere Mitmenschen werden uns die Sache begeistert abnehmen.«

Fast 2000 Jahre später können wir das bestätigen.

# LIEBE ARME

Seid nett zu den Armen, sagt ein altes Sprichwort, denn wenn ihr sie nicht hättet, würde euch der Rucksack von den Schultern rutschen.

Niemand hat etwas gegen Arme. Sie verdienen zwar kein oder nur wenig Geld, dafür aber unseren vollsten Respekt. Auch bietet unsere moderne Gesellschaft zahllose Möglichkeiten, ein Leben als Armer in Anstand und Würde zu führen.

Warum für Speis und Trank Geld ausgeben? Hinter den Supermärkten gibt's Container, in denen man Leckereien nur knapp über dem Verfallsdatum findet.

Weshalb dem Hungergefühl nachgeben? Besser eine Kochsendung mit Tim Mälzer ansehen.

Wozu die Familie krankenversichern? Mutter sammelt alle Wehwehchen und gibt sie beim Arzt als ihre eigenen aus.

Teure Medikamente? Besser zu Naturheilmitteln greifen, die wachsen überall.

Warum Verkehrsmittel benutzen? Die drei Bus-Stationen laufen hält fit. Und wer kein Taxi ruft, spart noch viel mehr.

Liebe Arme, allein diese Beispiele zeigen, dass wir auch ohne die Vorstandsbezüge von Josef Ackermann im Wohlstand schwelgen können.

Aber das ist noch nicht alles. Auch auf Kultur und Freizeitspaß braucht der moderne Arme nicht zu verzichten. Wer sich den Zoobesuch nicht leisten kann, der klettert am Löwengehege über den Zaun, wo garantiert keine Kontrolleure sind. Im Fußballstadion ist 15 Minuten vor Schluss der Eintritt frei. Das Konzert in der Waldbühne hört man in den Büschen rundherum nicht schlechter.

Geld sparen kann man künftig auch durch günstige Kombiangebote: Erwerben Sie zum Beispiel Zahnprothese, Kücheneinrichtung und Rentenversicherung als Paket, und Sie sparen 50 Prozent!

Chancengleichheit wird groß geschrieben: Deshalb werden ab sofort unter allen Bundesbürgern täglich ein Auto, ein Haus, ein Boot, eine Riester-Rente, ein Präsentkorb und ein zumutbarer Job verlost. Sollte der Jobgewinner noch nicht arbeitslos sein, kann er Letzteren selbstverständlich weiterverkaufen.

Wer kein Glück hat, muss dennoch nicht traurig sein: Noch sind nicht alle Parkbänke belegt, noch hält sich das Gedränge unter den Brücken in Grenzen.

# WERBUNG

Die Reform war längst überfällig: In einer Marktwirtschaft kann man bekanntlich alles kaufen – Papierblocks und Paprika, Nutella und Nutten, Geranien und Gerichtsurteile. Damit wir, die mündigen Bürger, uns in der Fülle der Angebote orientieren und schließlich zugreifen können, werben die Anbieter für ihre Produkte und Leistungen. Dabei käme niemand auf die Idee, wir hätten einen Gemüsehändler beim Kauf von fünf Tomaten mit dem Bezahlen bestochen. Aber kaum kassiert ein Politiker für die Erteilung eines Bauauftrags, ist das Geschrei groß. .

Doch damit ist jetzt Schluss. Der Bundestag beschloss kürzlich: Auch die Politik darf Werbung machen.

Künftig kann der Bürger schon an der Kleidung der Volksvertreter erkennen, vom wem sie bezahlt werden. Auch wird nach jeder Bundes- und Lantagssitzung eine Liste der Firmen verlesen, die »unsere Parlamentarier« eingekleidet haben.

Ein Zeichen setzten die Abgeordneten mit der Umbenennung des Reichstags in »BDI-Arena«.

Zudem dürfen die Volksvertreter künftig ihre Reden durch Werbepausen unterbrechen und am Ende zum Beispiel sagen: »Dieser Vortrag wurde gesponsert durch KIDKOKS, dem leicht bekömmlichen Muntermacher für unsere Kleinen ab 6 Jahren.«

Der eigentliche Clou aber ist die Werbung an der

Kleidung, wie wir sie im Sport schon lange kennen. So dürfen Vertreter für Verbraucherschutz und Ernährung von nun an Trikots tragen mit der Aufschrift: »Lange lebe die Fastfood-Kette McKrankmach«. Und auf der Rückseite: »30 Jahre alt werden? Wozu eigentlich?« Diese mutige Initiative wurde vom »Bund abkassierender Ärzte« und dem DGB begeistert begrüßt: »Kranke sichern zigtausende von Arbeitsplätzen. Und je jünger, desto besser.«

Das Arbeitsministerium wirbt mit einem T-Shirt: »Parkbank oder 1-Euro-Job? Sie haben die Wahl.«

Die Energielobby wirbt einleuchtend: »Es kommen mehr Leute im Haushalt um als durch einen atomaren Supergau.« Und in einem Flyer: »Wer gegen Kernenergie mosert, der überfällt auch Banken.«

Die Werbebotschaft aus dem Finanzministerium: »Geld allein macht nicht glücklich. Wir bitten Sie, liebe Mitbürger, jetzt wieder zur Kasse.«

Am schillerndsten wirken die von den Waffenexporteuren der ABC-GmbH an das Verteidigungsministerium ausgegebenen Blousons. »Für einen hygienischen Tod«, steht auf der Brustseite, »Sterben müssen wir alle«, auf dem Rücken.

PR-Experten sind sich sicher, die Werbebotschaften werden der Politik zu ungeahnter Popularität verhelfen.

## EIN SINNSTIFTENDES HOBBY

Anders als Sportarten wie Stabhochsprung oder Feldhandball hat das Cybermobbing (auf Deutsch etwa: »virtuelle Sympathiebekundung«) keinerlei Nachwuchssorgen. Es dient der geistigen Ertüchtigung, insbesondere der Anregung der Fantasie bei der Planung, Kreation und Umsetzung der Mobbingprojekte.

Beim Cybermobbing nutzen wir die modernen technischen Möglichkeiten zur Ausübung einer sozial engagierten und ehrenamtlichen Tätigkeit: Nämlich unseren Auserwählten vor aller Augen und Ohren unsere Meinung über sie kundzutun. Wir wirken gleichsam als Samariter im Zeitalter des World Wide Web: also von Smartphone und Spammail, Chatroom und Community.

Dabei achten wir als gesetzestreue Staatsbürger natürlich auf den Datenschutz und halten unsere Identität geheim. Schließlich wollen wir uns nicht eitel in den Vordergrund spielen – es geht uns doch um die Sache und nur um die Sache.

Sinn und Zweck bestehen in der Herstellung einer größtmöglichen Öffentlichkeit, wobei die jeweilige Zielgruppe eine besondere Bedeutung genießt. Schließlich wollen wir uns über das Ansehen unserer Auserwählten auf wirkungsvolle Weise verbreiten.

Wichtigstes Instrument des Cybermobbings ist das Gerücht, das völlig zu Unrecht einen zweifelhaften Ruf genießt und von Miesmachern und Neidern in die Nähe von Rufmord und Verleumdung gerückt wird. Dabei ist doch gerade das Gerücht Ausdruck der Tatsache, dass sich kein Sterblicher anmaßen darf, allwissend zu sein: Wer kann schon hundertprozentig sagen, was Wahrheit oder Wahn, Sein oder Schein ist. Gaukelt uns unser Auge beim Blick über das endlose Weltmeer vor, am Horizont sei das Ende der Welt? Wer kann in der Ära der perfekten Trickfilm-Illusionen mit Sicherheit sagen, ob die Mondlandung nicht in den Studios von Hollywood stattgefunden hat? Erkennen wir nicht erst nach dem Aufwachen, dass wir nur geträumt haben? Und wer sagt uns denn, dass wir nicht auch jetzt gerade träumen und gleich aufwachen werden? Ist unsere Wahrheit vielleicht nur ein Gerücht und das vermeintliche Gerücht die eigentliche Wahrheit?

Bezeichnenderweise lässt sich ein noch so absurdes Gerücht ebenso wenig spurlos beseitigen wie Blutflecken aus einem Teppich. »Semper aliquid haeret«, wussten schon die alten Lateiner. Irgendetwas bleibt immer hängen: Hat man zum Beispiel einem Pastorentöchterlein den Ruf einer nebenberuflichen Lederdomina angehängt, so werden selbst bei tausendfachen Dementis, Entschuldigungen und gewonnenen Schadenersatz- oder Verleumdungsprozessen genügend Leute denken: Da war doch was! Irgendetwas muss dran sein am Gerücht, sonst wäre es ja gar nicht erst entstanden.

Da wir Gerüchte nicht aus Jux und Tollerei in die Welt setzen, müssen wir sie äußerst sorgfältig auswählen.

Ein Überblick über die beliebtesten Standardgerüchte soll der Orientierung dienen:

Die auserwählte Person

- macht häufig blau
- beklaut ihre Freunde, Mitschüler, Kollegen, Senioren
- steigt mit jedem (jeder) in die Kiste
- hat eine ansteckende Krankheit
- tauscht gute Noten, Zeugnisse, Karriere, Posten gegen Intimaktivitäten
- schlägt ihre Kinder und lässt sie verkommen
- steckt ihre Eltern in ein Heim
- ist wegen Körperverletzung, Heiratsschwindel, Erpressung, Betrug oder ähnlicher Delikte vorbestraft
- geht nie ohne Flachmann oder erfreut sich nicht nur im Winter am Schnee.

Diese Liste kann beliebig erweitert werden. Dem Einfallsreichtum sind keine Grenzen gesetzt.

Ein kleines, anregendes Beispiel: Ein gemeiner Personalchef hat euren Ernährer entlassen. Wir verbreiten daraufhin im Netz unter dem Namen einer minderjährigen Azubine, dass besagter Personalchef sie sexuell belästigt hat. Spätestens vier Stunden später weiß es die gesamte Belegschaft.

Der Clou: Selbst wenn die Azubine die Urheberschaft des Gerüchts überzeugend bestreitet und der Konzernboss ohnehin sicher ist, dass der Vorwurf erstunken und erlogen ist, wird er zu unserem Zielobjekt sagen: »Natürlich sind Sie für mich persönlich über jeden Zweifel erhaben. Aber Sie wissen ja, wie das ist: Unsere Geschäftspartner können sich ebenso wenig wie wir leisten, ins Licht der Öffentlichkeit zu geraten. Und Ihr Fall – ob erfunden oder nicht – produziert nun mal Schlagzeilen wie am Fließband.«

Ein kleiner Tipp für Fortgeschrittene: Gerüchte wirken umso besser und sicherer, wenn die Betroffenen zuletzt davon erfahren und so ihre Nerven möglichst lange geschont werden.

Es gehört zum Ehrenkodex des Cybermobbings, die Zielperson fürsorglich und solidarisch per e-mail auf mögliche Gefahren hinzuweisen. »Briefbomben erkennt man erst nach der Explosion«, »Keine Wohnung ist wirklich einbruchssicher« oder »Immer mehr Kinder werden auf dem Schulweg entführt« sind solche sachdienlichen Hinweise, ebenso wie »Manager am helllichten Tag erschossen« oder »Bremsen manipuliert – mit Tempo 80 in den Tod«.

Auch die Geselligkeit kommt beim Cybermobbing nicht zu kurz. Deshalb laden wir im Namen unserer Zielperson zu einer nächtlichen Party, zur Wohnungsbesichtigung oder »umständehalber« zur Gratisabholung wertvoller Gemälde oder Möbel, Bücher oder CD-Sammlungen. Wichtig ist, dass möglichst jeden Tag bei unserem Zielobjekt mächtig was los ist.

Irgendwann allerdings hat auch das schönste Cybermobbing ein Ende, und vielleicht können wir diesen Schlusspunkt nicht nur würdig, sondern ausnahmsweise unvirtuell begehen: Durch einen Besuch im Obdachlosenasyl, im Krankenhaus, in der Nervenklinik oder auf dem Friedhof.

## DIE UNHEIMLICH WICHTIGE SACHE

Die Sache war so unbeschreiblich einschneidend, lebensverändernd, unvergleichlich und bombastisch, jedenfalls irgendwo zwischen »ultramega« und »ganz schön heftig«, dass er zunächst fünf Tage und fünf Nächte unaufhörlich versuchte, sie aus seinem Gedächtnis zu streichen, ja herauszubrennen. Zunächst alle zehn, dann alle fünf und schließlich alle zwei Minuten fragte er sich, ob er die Sache schon vergessen hatte. Aber es war wie mit dem Tätowieren: machen war ein Kinderspiel, spurlos beseitigen dagegen praktisch unmöglich.

Ein einziges Mal, so etwa in der 34. Stunde, war ihm entfallen, was er überhaupt vergessen wollte. Das wäre eine Katastrophe gewesen, denn wie sollte er wissen, ob er es vergessen hatte, wenn er gar nicht mehr wusste, was es eigentlich war, das er unbedingt vergessen wollte?

In der Apotheke sagten sie ihm, so etwas wie »K. o.-Tropfen nachträglich« gebe es nicht, schließlich könne man ja auch einen durch eine deutsche Qualitätsarbeitsstreubombe zerfetzten Körper nicht wieder in seinen Originalzustand zurückversetzen, nicht einmal bei Privatpatienten mit Chefarzt- und Gesundheitsministerbetreuung.

Nach einigen Tagen beschloss er, sich seinem alten Parteifreund Arno anzuvertrauen, und der war zunächst sprachlos.

»Und du meinst«, fragte Arno nachdenklich,

»dass die Sache, wenn unter Umständen und aus anderem Blickwinkel, dass dann eventuell doch …«

»Ausgeschlossen«, unterbrach er seinen Freund entschieden. »Schon allein unter dem Aspekt, dass selbst bei Berücksichtigung, na aber wem sag ich das?«

»Gesetzt den Fall«, beharrte Arno, »dass die Dings, die mit dem – naja du weißt schon, ich will ja nichts sagen –, dass also die Dings die Sache ganz anders, und selbst wenn nicht; dabei hätte die es gerade nötig. Ich weiß, wie vor zwei Jahren oder so, du erinnerst dich doch?«

»Flüchtig«, murmelte er nachdenklich.

Unbeirrt und zunehmend engagiert fuhr Arno fort: »Als die es damals glatt fertiggebracht hat, trotz der ganzen äußeren und inneren Umstände, und obwohl gerade kurz zuvor das mit Jochen …«

»War es nicht Holger?«, wandte er ein.

»Richtig«, gab Arno zu. »Holger und Jochen verwechsele ich immer. Ich meine nicht die Personen, sondern die Namen als solche.«

»Mir ging das so mit Beckstein von der CSU und SPD-Beck. ›Kurt Beckstein‹ hab ich immer gesagt, dabei heißt er doch Günther – mit te-ha. Und wegen Kurt Beck hab ich dann immer – aber wir kommen vom Thema ab.«

»Die Sache«, stellte Arno fest. »Also ich an deiner Stelle – aber ich hab ja leicht reden.«

»Nee, sag ruhig«, ermunterte er Arno.

»Für mich dasselbe wie immer«, beschied Arno zwischendurch den Kellner, »für dich auch?«

Er nickte. Der Kellner erinnerte ihn irgendwie an

einen Kitzbüheler Skilehrer, der mit den Scheckkarten einer späten liebestollen Schülerin durchgebrannt und jetzt in diesem auf Pariser Flair getrimmten Hauptstadtcafé untergetaucht war.

»Um wieder auf die Sache zurückzukommen«, beharrte Arno. »Einerseits braucht man ja nur zwei und zwei zusammenzuzählen. Dumm nur, wenn da nicht vier rauskommt, sondern je nach Perspektive immer etwas anderes.«

»Da sagst du was«, nickte er. »Eigentlich bräuchte ich nur hinzugehen und ohne Umschweife eine klare Ansage zu machen; schließlich betrifft die Sache ja beileibe nicht nur mich allein. Andererseits: Was würde das bringen?«

»Du könntest natürlich ganz andere Saiten aufziehen«, fuhr Arno fort, »und es so machen wie im alten Rom dieser – na, wie hieß er doch gleich?«

»Da ist was dran; aber war das in Rom damals nicht eine andere Situation? Ich meine, der war doch außerdem noch im Clinch mit diesem Feldherren – oder war's ein Senator?«

»Konsul, glaub ich. Erst Feldherr, dann Konsul; oder war es umgekehrt? Nee! Ich hab den mit dem anderen verwechselt, du weißt schon. Der jedenfalls hat doch, ohne mit der Wimper zu zucken …«

»… behaupten die Geschichtsschreiber …«, wandte er ein.

»… war er das nicht sogar selbst? In seinen Memoiren, oder wie das damals hieß.« Arno nippte an seinem Getränk.

»Fest steht, dass ich in der Sache etwas unternehmen muss«, fasste er zum Abschied zusammen.

Nachdenklich flanierte er durch die Nebenstraßen der herbstabendlichen Berliner City. Das Gespräch mit Arno hatte ihn an mehreren Punkten entscheidend vorangebracht.

Jedenfalls war auf Arno in seiner Eigenschaft als Tratschmaul Verlass; schon zwei Tage später wusste der gesamte Bekannten- und Kollegenkreis von der Sache. Einige betrachteten sie als eher läppisch, andere als schwerwiegender als er selbst. Zudem herrschte einstimmige Uneinigkeit darüber, ob die Sache jetzt negativ oder positiv zu werten sei.

Eine dramatische Wende nahm sie, als sie die Medien erreichte: »Kanzlerin unterbricht Karibikkreuzfahrt wegen der Sache« hieß es, und ein Vizepraktikant der *Tagesthemen* warf in seinem Kommentar die Frage auf, ob die Sache das Bankenmanagersanierungspaket und damit auch Euro, Drachme und die innere Sicherheit gefährden könne.

Er selbst hatte sich mit der Zeit an die Sache und seine damit verbundene weltweite Berühmtheit gewöhnt. Ein Planet, der die Eiszeit und Florian Silbereisen überstanden hatte, so sagte er sich, würde auch diese Sache überstehen. Eine, vielleicht auch drei, spätestens 15 Generationen weiter würde die Sache höchstens noch Geschichtsprofessoren, Kriminalisten und Hirnforscher interessieren.

# DER BEKENNERBRIEF

Die Bundestagswahl lief so miserabel wie schon seit vier Jahren nicht mehr. Das liebevoll ausgearbeitete Parteiprogramm wurde von den mündigen Bürgern eher als Scherzartikel betrachtet; entsprechend glichen die Wahlveranstaltungen Karnevalssitzungen; aus Offenbach wurde von regelrechten Schunkelorgien berichtet.

Aber immer wenn die Regierung denkt, jetzt geht nichts mehr, kommt irgendwo ein Islamisten-Attentat her – und noch dazu eines wie aus dem Bilderbuch.

Ausgerechnet der christliche Staatssekretär Noelke war in seinem Arbeitszimmer zwischen Billardtisch und Sonnenbank von zwei Schüssen durchsiebt worden. Der Staatssekretär war praktizierender sonntäglicher Kirchgänger gewesen und als gottesfürchtiger Katholik selbstverständlich ein Verteidiger der deutschen Leitkultur.

Der Fall war sofort sonnenklar, zumal die Spezialtruppe einer Sondereinheit schon zwei Minuten später am Tatort eingetroffen war und drei Korane, zwei Kaftane, eine Nationalzeitung und zwei in Hindukusch City ausgestellte Reisepässe sicherstellen konnte.

Da war das Eintreffen eines Bekennerbriefes reine Formsache, wie der eiligst zur Krisensitzung gerufene Islamistenterrorismusexperte Paul Plumpke nachdrücklich versicherte, bevor er sich noch eiliger wieder an seinen Arbeitsplatz begab.

Hier wartete bereits sein äußerst kreativer Mitarbeiter, der eine nachdenkliche Miene aufsetzte und sich mehrfach räusperte. »Äh ..., also ehrlich gesagt ... äh ...«

»Menschenskind Plischke«, sagte Plumpke ein wenig unwirsch, »zu Sache, was wollen Sie denn ›ehrlich‹ sagen?«

»Äh, mir ist nicht ganz klar, warum wir die Attentate selber machen, wo doch die Islamisten schon von allein genug auf diesem Gebiet tun.«

»Also erstens machen wir nicht alle Attentate selbst und zweitens: Sehen Sie mal, Plischke, das ist so wie mit Leserbriefen und Straßenbefragungen fürs Fernsehen. Natürlich könnten die Redaktionen aus der Flut von Zuschriften einfach welche auswählen, und natürlich könnten die Reporter mühelos echte Befragungen mit echten Leuten durchführen. Die Leute stehen doch förmlich Schlange, um einmal im Leben für drei Sekunden ins Fernsehen zu kommen.«

»Ich verstehe nicht ...«

»Sie verstehen ja nie etwas, Plischke, und eigentlich ist das auch gut so. Also: Echte Briefe und echte Leute, das wäre ein viel zu großer Aufwand. Außerdem kommen echte Leute nie kurz und knapp zur Sache. Und damit man nicht zwanzig Laberbriefe drucken und dreißig Schwafelinterviews senden muss, fasst man die Meinung der Leute in Eigenproduktionen zusammen.«

»Ah! Jetzt verstehe ich das doch, glaub ich.«

»Na fein, Plischke. Lassense mal hören.«

»Also, wir machen genau die Attentate, die die islamischen Terroristen machen würden, wenn sie zum erforderlichen Zeitpunkt nicht etwas anderes vorhätten.«

»Ausgezeichnet, Plischke! Und nun wollen wir doch mal sehen, was Sie sich diesmal ausgedacht haben.«

Kaum hatte sich Plumpke über den von Plischke fabrizierten Bekennerbrief gebeugt, da stürmte seine Sekretärin und informelle Geliebte Heide Witzka ins Büro.

»Drauße steht a munterer Gesell«, keuchte sie für ihre 23 Jahre schon reichlich nikotinös. »Er mescht a G'ständnis ablegge. Wolle mer'n rinnlasse?«

»Kannst du den Irren nicht abwimmeln?«

»Der Irre ist immerhin Claus Thaler, unser stellver...«

»Ich weiß, dass Thaler unser Parteivize in NRW ist«, fuhr Plumpke seine Französisch-Spezialistin an. Erst jetzt schwante ihm etwas Furchtbares.

»Er wartet nebenan«, nuschelte Heide konspirativ. »Er will mit keinem reden außer mit dir.«

»Gott sei Dank«, durchfuhr es Plumpke. »Also los«, sagte er laut. »Und Sie, Plischke, warten bitte so lange. Bin ja gleich wieder da.«

Thaler hatte sich, vom kalten Schweiß auf der Stirn einmal abgesehen, noch ganz gut in der Gewalt. Ohne Umschweife legte er los. »Vor etwa einem halben Jahr hat Noelke mir gegen 10 000 Euro Spesen sein Ehrenwort gegeben – ich wiederhole, sein Ehrenwort –, dass er demnächst einen Aufsichtsratjob bei einem Rüstungskonzern übernimmt und mich zu seinem Nachfolger als Staatssekretär macht.«

»Donnerwetter.« Respektvoll pfiff Plumpke durch seine kokainweißen Implantate. »Und dann?«

»An besagtem Abend besuchte ich ihn in Niederzickenbach und stellte ihn zur Rede. Er aber druckste herum. Die Sache könne sich noch bis nächstes Jahr hinziehen, da er seinem künftigen Arbeitgeber noch Genehmigungen für Exporte nach Indien und Pakistan besorgen wollte.«

»Wegen der Chancengleichheit, verstehe.« Vor lauter Bewunderung für den verblichenen Noelke vergaß Plumpke fast, warum Thaler eigentlich hier war. »Aber jetzt zur Sache«, drängte er unfreundlich und bestimmt.

»Naja, wie das so ist, ein Wort gibt das andere. Er geht mit einem Hummermesser auf mich los, ich ziehe ihm den Perser-Läufer unter den Füßen weg. Da blieb ihm nichts anderes übrig, als mit dem Hinterkopf gegen den Billardtisch zu knallen, das Hummermesser fallen zu lassen und den Löffel abzugeben.«

Plumpke atmete tief durch und setzte seinen »Ich-bin-auf-deiner-Seite«-Blick auf. »Hömma, Claus, wir sind alle überarbeitet, der Kampf gegen die Korruption, der behutsame, aber zügige Umbau unseres Vaterlandes zum Polizeistaat, jetzt auch noch der Wahlkampf: Da kann es schon mal vorkommen, dass man sich Sachen einbildet, die …«

»Aber ich habe mir das nicht eingebildet. Ich habe Noelke umgebracht.«

Plumpke riss sich aufs Äußerste zusammen. »Weißt du, Claus, mir ist letzten September was Peinliches passiert«, log er spontan. »Ich träumte, es wäre Samstag, und so flog ich mit meiner Cesna zum Jagdwochenende nach Sachsen. Und wie immer war ich auch diesmal bis Sonntag 24 Uhr nicht erreichbar. In Wahrheit aber war ich gar nicht übers Wochenende weg, sondern am Donnerstag und Freitag. Aber der Traum war so täuschend echt.«

»Ich habe das aber nicht geträumt«, fuhr Thaler auf. »Ich träume so gut wie nie, und wenn, dann höchstens von nackten Wei… äh, jedenfalls nicht von Wochentagen und Kalenderdaten.«

Plumpke spürte, wie Aggressivität in ihm hochkroch. Zusätzlich gereizt wurde er durch Thalers Angewohnheit, sich mit dem linken Zeigefinger ständig über den friseurgepflegten Schnäuzer zu streichen. »Aber selbst wenn«, raunte er. »Von so was nippelt man doch nicht ab. Wahrscheinlich war er nur bewusstlos, und kaum warst du über alle Berge, sind die Terroristen gekommen und …«

»Ich werde doch wohl feststellen können, ob einer tot ist«, schrie Thaler. »Immerhin bin ich Internist.«

»Und was ist mit den beiden Kugeln in Noelkes Herz?«

»Also das wiederum war ich nicht. Wozu auch, wo er doch schon tot war?«

Dazu kam Plumpke plötzlich ein böser Verdacht, genauer gesagt: Er war sich ziemlich sicher. »Okay«, erwiderte er möglichst ruhig. »Und was nun?«

»Ich stelle mich«, verkündete Thaler mit überirdischem Blick. »Hier und jetzt. Das bin ich meinem

Gewissen schuldig. Nach der Tat habe ich nur anonym die Polizei angerufen, dass Noelke tot zu Hause liegt, und mich dann verdrückt. Aber damit ist jetzt Schluss.«

Plumpkes Hirn durchschossen tausend Gedanken. Diesen Armleuchter würde keine Macht oder Drohung der Welt aufhalten können.

»Hast du irgendeiner Menschenseele davon erzählt?«, fragte er ruhig.

»Natürlich nicht! Ich habe mich doch gerade eben erst zur Wahrheit entschlossen.« Er klang ruhig und vor allem aufrichtig.

»Also gut«, sagte Plumpke sanft. »Wenn du so mannhaft zu deiner Tat stehen willst«, er machte eine bedeutungsvolle Pause, »dann lasse ich dich festnehmen und ins Untersuchungsgefängnis Moabit bringen. Vorher lese ich dir noch deine Rechte vor.« Dann griff er zum Telefonhörer und informierte die Sicherheitskräfte.

Als Thaler abgeholt war, atmete Plumpke tief durch und versuchte, den wahren Tathergang zu rekonstruieren. »Noelkes Tod war ein Unfall während eines Streits«, murmelte er vor sich hin, »aber eines Streits zwischen zwei führenden Mitgliedern der Regierungspartei. Würde das rauskommen, bräuchten wir zur Wahl gar nicht mehr anzutreten.«

Er zündete sich eine Zigarette an, etwas zittrig und am falschen Ende, was ihn aber gar nicht mehr aufregte. »Als der Notruf einging und die Polizisten den Namen des Opfers hörten, haben sie schnell geschaltet und die Politische Abteilung und den Staatsschutz informiert. Dessen Leute vor Ort wussten, was zu tun ist. Sie jagten Noelke zwei Kugeln in die Brust und trimmten den Unfall auf Islamisten-Attentat. Das hat seine Zeit gedauert, und damit die Jungs in der Öffentlichkeit als blitzschnell handelnd erscheinen, haben sie die Tatzeit einfach nach hinten verlegt.«

Erneut griff er zu einer Zigarette, diesmal klappte es mit dem Anzünden. Plötzlich fiel ihm Plischke mit seinem Bekennerbrief ein, und entgegen seiner Gewohnheit eilte er mit Glimmstängel in der Hand zurück in sein Büro.

Plischke legte unverzüglich das Golf-Magazin beiseite und empfing Plumpke mit einer wichtigen Frage: »Haben Sie eine Ahnung, ob es noch den kompletten Jahrgang 1940 des *Stürmer* gibt? Mein Sohn wird 18, und da soll es was Besonderes sein.«

»Mein Gott, Plischke. Sie machen mich wahnsinnig! Ich hab mit anderem den Kopf voll. Schenken Sie ihm doch einen Baseballschläger und einen Sack Molotowcocktails.«

»Naja, ein bisschen theoretische Grundausbildung wär vielleicht vernünftig.«

Jetzt explodierte Plumpke endgültig. »Plischke! Mann! Das war ein Sche-herz. So, aber nun ruckzuck zu Ihrem Bekennerbrief.«

Plumpke las zwei Minuten lang hochkonzentriert, dann strahlte er hochzufrieden. »Alle Achtung, Plischke, mal wieder eine vorzügliche Arbeit geleistet.«

Keine drei Stunden später traf ein Bekennerbrief aus Kabul im Kanzleramt sowie bei dpa, Reuters, ARD und CNN ein; kurz darauf war er der Aufmacher der Nachrichtensendungen und am nächsten Tag in allen überregionalen Zeitungen abgedruckt.

Er schien echt zu sein, wie schon die Kontaktadresse verriet:

*Islamistengruppe Sinnloser Terror e.V.*
*c/o Justizvollzugsanstalt Stammheim*
*Asperger Str. 60*
*70439 Stuttgart*

Letzte Zweifel an der Authentizität beseitigte der mit blutigen Fingerabdrücken übersäte Brief selbst:

*Bundeskanzleramt*
*Willy-Brandt-Straße 1*
*10557 Berlin*

*Al-Quaida-Stadt, den 12. Juni 2013*

*Betrifft: Terroranschlag vom 10. Dezember 2011/ Bekennerbrief*

*Unser Zeichen (bei Rückfragen bitte angeben): 1 Terror 4711*

*Sehr geehrte Damen und Herren,*

*hiermit bekennt sich die fanatische islamistische Gruppe Sinnloser Terror, also mein Freund Günther, genannt Bin Bomben, und ich, Maxe, genannt Ali Hassan, zu dem furchtbaren menschenverachtenden und verabscheuungs-*

*würdigen Attentat vom 10. Dezember 2012 in Niederzickenbach (Kreis Säge).*
*Nieder mit dem Reich des Guten, es lebe das Reich des Bösen!*
*Nieder mit Jesus Christus, es lebe Mohammed Lucifer!*

*Mit vorzüglicher Hochachtung*
*Islamistengruppe Sinnloser Terror e.V.*
*xxx*
*i.A. Bin Morden (nach Diktat vereist)*

Die Echtheit des Dokuments wurde unverzüglich von den entsprechenden Behörden bestätigt. Sowohl Briefkopf als auch Schrift seien völlig vorschriftsmäßig und von daher zweifelsfrei echt, ebenso die Unterschrift »xxx« bei Analphabeten. Auch die präzise Angabe des Sachverhalts und die Parolen am Briefende bewiesen, dass der Bekennerbrief keine Fälschung war.

Selbst linke Skeptiker bemerkten nicht den Ausgangsstempel des BND, den Poststellenwart Manteuffel, der alte Schussel, dem Brief verpasst hatte.

Am Morgen danach schlug eine von Plumpke ungeduldig erwartete Radiomeldung wie eine Bombe ein: »Zweiter islamistischer Terroranschlag binnen 48 Stunden ... wurde ein 42-jähriger Mitarbeiter des Bundeskanzleramtes in einem Waldstück bei Berlin an einem Baum baumelnd von Joggern entdeckt ... wurden am Tatort vier Kaftane, zwei Korane und ein Exemplar *Neues Deutschland* gefunden.«

Plumpke starrte versonnen aus dem Fenster auf

die sonnenbestrahlte Spree. Es würde ein in jeder Beziehung herrlicher Tag werden.

Wann Thaler wohl gemerkt hatte, dass die Fahrt nicht nach Moabit ging und seine Begleiter keinesfalls dem BKA, sondern der streng geheimen Putztruppe angehörten? Hatte dieses Würstchen wirklich geglaubt, die Partei ließe sich von ihm ihren Wahlkampf kaputtmachen? Thaler war einfach ein zu großes Sicherheitsrisiko geworden.

»War nicht persönlich gemeint, altes Haus«, murmelte Plumpke andächtig in den Morgenwind.

An der Spree stellte eine Seniorin ihr Fahrrad ab. »Die soll es bloß richtig anschließen«, dachte er. »Sonst wird es noch geklaut.«

# NEUE TREND-BERUFE

Unsere Wirtschaft boomt, die Menschen schwimmen im Wohlstand. Da ist es kein Wunder, dass neue Berufe wie Atompilze aus dem Boden schießen. In unserer humanistisch-neoliberalen Gesellschaft ist mehr denn je Eigeninitiative gefragt, und so wagen sehr viele leistungswillige Menschen – insbesondere Mitbürger mit einem fürstlichen Einkommen über 400 Euro – den Schritt in die Selbständigkeit und entdecken jede Menge Marktlücken. Hier eine kleine Auswahl:

*Hosenträger:* Ein oft unterschätzter Beruf, der höchste Ansprüche an geistige und körperliche Fähigkeiten stellt. So muss der gelernte Hosenträger nach einer dreijährigen Ausbildung nicht nur Hosen von Wollsocken unterscheiden können, sondern auch sein Ziel kennen. Als Subunternehmer in Kaufhäusern muss er zum Beispiel wissen, dass Hosen nicht in die Tiefkühltruhe der Gammelfleisch-Abteilung gehören und man sie stets auf dem linken Arm zu tragen hat, damit man den rechten zum Durchboxen durch die Schnäppchen frei hat.

*Handtuchhalter:* Dieser Job erfordert eine enorme Kondition. Wer zehn Stunden lang Handtücher halten will, muss über eine Kombination aus körperlicher Höchstleistung und vielseitiger Filigrantechnik verfügen. Ein Badehandtuch muss anderes gehalten werden als eines für Gäste, ein Geschirrhandtuch erfordert eine andere Handreichung als eines für Kristallgläser.

*Flaschenöffner:* Diese Tätigkeit gehört zu den abwechslungsreichsten überhaupt. Weißbier verlangt eine andere Technik als Pils; und Limo muss anders geöffnet werden als Schampus, Jägermeister anders als Underberg. Auch die Aufstiegschancen sind enorm: Nach einem dreimonatigen Lehrgang kann man es bis zum Korkenzieher bringen.

*Beckenbauer:* Dieser ausgestorben geglaubte Beruf kann wiederbelebt werden – gute deutsche Handwerkstradition gegen Fertigteillieferung aus dem Baumarkt. Mit handgefertigten Waschbecken und Pools lassen sich individuelle Wünsche und Ansprüche erfüllen.

*Wagenheber:* Ein Beruf für ehemalige Gewichtheber, Kraftsportler und starke Frauen. Profis stemmen Kleinwagen mit einer Hand, die Weltspitze hebt Zehntonner.

*Gabelstapler:* Das Stapeln von Gabeln ist eine Arbeit, die höchste Konzentration verlangt, vor allem in Großküchen. Wer auch nur einmal vier Gabeln im Besteckkasten gestapelt hat, weiß, wie viel Fingerspitzengefühl dafür erforderlich ist.

*Briefbeschwerer:* Scheint eher etwas für 85-jährige Frührentner zu sein, hat es aber in sich, zumal er eigentlich aus zwei Berufen besteht. a) Das Beschweren von Briefen erfordert Flexibilität und Entscheidungsfreude: Nehme ich für eine Postkarte einen Kieselstein und für ein fünf Kilo schweres DIN-A-3-Kuvert eine Nagelschere? b) Wie behandle ich Leute, die sich über Briefe beschweren? Sind sie wie üblich gar nicht angekommen oder gefällt dem Kunden der Inhalt nicht?

*Sattelschlepper:* Renommierte Reitställe kommen ohne sie nicht mehr aus. Schließlich sind Olympiakandidaten keine Indios, die ohne Sattel reiten. Wenn man im Fernsehen zuweilen lederbepackte Gestalten ächzend durchs Bild laufen sieht, dann sind das ebendiese Schwerstarbeiter, ohne die manche Goldmedaille nicht möglich gewesen wäre.

*Nervensäge:* Ein äußerst anspruchsvoller Beruf. Allein im Baumarkt finden sich Dutzende von Sägen; und da will die richtige ausgewählt sein. Für den Chef benötigt man eine andere als für den Partner oder den Seitensprung. Zudem muss das Nervensägen korrekt, klinisch und hygienisch einwandfrei ausgeführt werden; schließlich soll der Gesägte keine Infektion davontragen: Damit nähme ihn keine Nervenklinik auf.

*Tortenheber:* Das Heben von Torten hört sich leichter an, als es ist. Nichts ist peinlicher, als wenn die Geburtstagstorte zu Omas 105. Geburtstag in der Mitte zerbricht und die Lichter am Tischtuch Feuer fangen. Daher bestellen sich gutberatene Bürger Berufs-Tortenheber. Sie sind nicht billig – 100 Euro pro Quadratmeter –, aber dann können alle Beteilgten kräftig zulangen.

*Geigerzähler:* Sie benötigen vor allem hochgradige Konzentration und werden bei den hochkarätigen Konzerten in aller Welt eingesetzt. Wer einmal versucht hat, in einem Sinfonieorchester die Geigen zu zählen, wird höchste Achtung vor den professionellen Experten haben. Teilweise sind die Geigerzähler sogar berühmter als die Geiger selbst: Wer kennt schon einen Orchestergeiger? Die Zähler hingegen können sich vor Autogrammwünschen und Heiratsanträgen kaum noch retten.

Weitere Empfehlungen sind Eierkocher oder Blitzableiter, Staubsauger oder Alleskleber, Feuerlöscher oder Bolzenschneider, Amethyst oder Stalagmit, APO-Theker oder Türpfosten: Ständig entstehen neue Berufe. Kurzum: Es geht immer weiter aufwärts mit unserer Wirtschaft.

## TAUSEND PLÄNE

Meine Schwägerin, nennen wir sie das fleißige Lieschen, war einer der agilsten, aktivsten, emsigsten, und arbeitsamsten Menschen, den ich je kennenlernen durfte. Sie strotzte nur so vor Energie und Tatendrang und war das fleischgewordene »Ärmel aufkrempeln, zupacken, aufbauen«.

Eines Tages kamen bei mir zwei unerfreuliche Dinge zusammen. Eine Totalrenovierung meiner Wohnung, der zwangsläufig eine Rundum-Reinigung zu folgen hatte. Und ein Armbruch, der mich von fremder Hilfe abhängig machte.

Aber zum Glück gab's meine Schwägerin Lieschen. Ich könne ruhig eine Woche verreisen, danach sei alles so sauber, dass ich »vom Boden essen« könne.

Tatsächlich stand sie tags darauf Punkt 9 Uhr auf der Matte, in ihren Augen den nackten Tatendrang. »Ich mach uns erst mal einen Kaffee.« Sprach's, und kurz darauf stand der Kaffee auf dem Tisch. »So, gleich geht's los«, verkündete sie energisch, nippte an ihrem Kaffee – und begann, allerlei Hochwichtiges zu erzählen. Ihr Nachbar Neubert sei jetzt doch ins Pflegeheim gekommen. Die netten jungen Leute aus der Wohnung unter ihr zögen leider nach Bielefeld, weil der Mann dort eine Erstanstellung als Realschullehrer gefunden habe. Sie werde die beiden sehr vermissen. Der schräge Typ aus dem Parterre rechts habe wegen Suff seinen Führerschein verloren, und geradeüber werde der Bürgersteig aufgerissen und die Arbeiten gingen unverschämterweise schon früh um sechs los.

Bei derlei hochinteressanten Erzählungen verging die Zeit wie im Flug. Gegen 14 Uhr sah Lieschen zur Uhr. »O Gott, wir haben uns verplauscht. Wenn ich mich nicht beeile, komme ich zu meinem Friseurtermin zu spät. Aber morgen«, sagte sie im Hinausgehen, »morgen geht's dann richtig los.«

Ein neuer Tag, ein neuer Elan. Aber vorher natürlich wieder schnell einen Kaffee. Diesmal ging's um ihre Mutter. Die Beine wollten nicht mehr so recht, und so habe sie einen Rollator bekommen, schickes Modell, könne man nicht meckern. Den Tod ihres Mannes vor nicht einmal zwölf Jahren könne die Mutter noch immer nicht verkraften. »Und jetzt hat sie Angst vor der Altersarmut. 1800 Euro Rente – davon kann man sich kein vernünftiges Heim leisten. Aber da kriegen sie sowieso keine zehn Pferde rein. Wenigstens hat sie zwei Freundinnen zum Canasta spielen und eine nette junge Frau aus dem Nebenhaus, die öfters für sie einkaufen geht. Selten so was, heutzutage.«

Nach etwa drei Stunden kannte ich die Lebensgeschichte von Lieschens Mutter und Lieschens Ansichten über den Umgang der Politik mit den Alten.

»So!« Plötzlich sprang sie entschlossen auf. »Jetzt wird aber losgelegt.« Etwa zwei Minuten lang hörte ich Geräusche von laufendem Wasser und klapperndem Geschirr, dann ein Scheppern.

»Deine Teekanne ist über den Jordan. Aber du

trinkst ja sowieso kaum Tee.« Weder konnte sie das wissen, noch traf es zu. Und die Teekanne war aus Meißener Porzellan.

Ehe ich irgendetwas sagen konnte, stieß Lieschen einen Schreckensschrei aus: »Ach du Schande! Ich habe total vergessen, dass ich bis spätestens zwei Uhr unser Auto aus der Werkstatt holen muss. Wenn dein Bruder heute Abend kein Auto hat, bringt er mich um. Aber morgen«, versprach sie zum Abschied, »wird hier klar Schiff gemacht.«

Der dritte Tag begann wie die beiden vorherigen: Ein vor Tatendrang nur so strotzendes fleißiges Lieschen stürmte beim Öffnen der Tür an mir vorbei in die Küche und setzte Kaffee auf. »Sieh mal, was ich uns mitgebracht habe. Frische Erdbeeren – zwei Kilo für nur zehn Euro!«

Außerdem hatte sie jede Menge Putzmittel gekauft. Alles als Schnäppchen, versteht sich. Das sah nun wirklich danach aus, als wolle Lieschen mit der »Grundreinigung« beginnen, immerhin der einzige Grund, warum sie überhaupt hier war.

Aber zunächst natürlich Kaffee trinken. Dann begann Lieschen, konstruktive Pläne zum Umbau meiner Wohnung zu entwickeln.

»Aus dem Büro könntest du das Schlafzimmer machen und umgekehrt. Außerdem würde ich überall eine Zwischendecke einziehen; dadurch hast du jede Menge Abstellraum gewonnen. Dann kannst du auch die Wand zwischen Kammer und Küche wegreißen. Ein großes Bad ist doch was Herrliches.«

So verging Stunde um Stunde. Doch plötzlich unterbrach sie sich selbst.

»Mensch, wir sind ja heute bei Heiko zum Geburtstag eingeladen, und wir haben noch kein Geschenk.«

Überflüssig zu sagen, dass die Tage vier bis sieben ähnlich verliefen.

Am Ende des siebten Tages traf ich auf dem Weg zum Briefkasten eine nette Nachbarin und deren schwäbische Putzfrau, die die Nachbarin schon des Öfteren in höchsten Tönen gelobt hatte.

Nach nur zwei Tagen war meine Bude wie neu. Das war mir allemal 300 Euro wert.

Am elften Tag rief das fleißige Lieschen an: »Heute geht's richtig los«, sagte sie euphorisch.

»Hat sich erledigt«, erwiderte ich so höflich wie möglich. Und ich fragte mich, wie es eigentlich bei Lieschen zu Hause aussehen mochte. Unwillkürlich fiel mir die Redewendung ein: »Wie bei Hempels unterm Sofa.«

## DER TRICKDIEB UND DIE HILFLOSE ALTE

Als Beruf gab Max stets »freischaffender Künstler« an, was in gewisser Weise auch zutraf. Als Trickdieb war er nirgends angestellt, sondern selbständig. Auch ist es eine größere Kunst, während eines einzigen Supermarktbesuchs fünf Geldbörsen zu fischen, als zum Beispiel den Reichstag zu verhüllen oder drei rote Karos auf eine Leinwand zu bringen und das Ganze »Spätkapitalistische Freuden einer Textilarbeiterin« zu nennen.

An jenem Dienstagnachmittag bot sich Max eine Gelegenheit, die er aus Gründen seiner Berufsehre beinahe nicht wahrgenommen hatte – es war schlicht zu einfach! Aber wer den Cent nicht ehrt ... Da kramte ein gebrechliches Mütterchen in den Wurstpäckchen, während ihr Einkaufswagen drei Meter entfernt stand, mittendrin, wie eine Einladung, die geöffnete Handtasche mit einem gut sichtbaren Portemonnaie.

Der Rest war Routine, wahllos warf Max ein Käsestück, eine Dose Büchsenmilch und Katzenfutter in den Wagen, um ihn vor etwaigen Zuschauern als eigenes Einkaufsgefährt darzustellen. Problemlos griff er sich den Geldbehälter, eine Anfängerübung eben.

An der Kasse stand die Seniorin direkt hinter ihm. Im Geiste sah er sie verzweifelt und hektisch Handtasche und Mantel durchwühlen, um sich dann sicher zu sein, dass sie die Geldbörse zu Hause in der anderen Handtasche vergessen hatte – während er längst in seinem Auto sitzen würde und …

Ein plötzlicher Stoß in den Rücken unterbrach seinen Tagtraum. Die bestohlene Seniorin hatte ausgerechnet jetzt einen Schwächeanfall erlitten. Im Fallen versuchte sie sich an seiner taschenreichen Herbstjacke festzukrallen, bis sie dann am Boden lag. Die Kassiererin sprang sofort auf und, nach einem Arzt rufend, auf die Alte zu. Da stand Max nun mit seinem Fruchtsaft auf dem Laufband – irgendetwas kaufte er natürlich immer regulär – und mit fünf fremden Geldbehältnissen in der Tasche, direkt neben einem seiner Opfer.

Was, wenn die Alte den Verlust bereits bemerkt hatte, der Filialleiter die Polizei alarmieren würde und niemand den Laden verlassen durfte?

Sicher ist sicher, dachte er sich, und ebenso geschickt, wie er den Diebstahl ausgeführt hatte, machte er ihn wieder rückgängig.

Zum Glück rappelte sich die Seniorin keine zwei Minuten später wieder auf und versicherte, dass es ihr gut gehe; die Kassiererin kehrte an ihren Platz zurück; allerdings bat sie Max, die alte Dame doch bitte vorzulassen, was er selbstverständlich tat.

Nun, vier Beutestücke waren ja auch was.

Die Alte bezahlte, die Kassiererin half beim Einpacken, geleitete sie noch zur Tür, vor der offensichtlich der Enkel der Alten wartete, und nahm dann endlich wieder an ihrer Kasse Platz.

»Macht 65 Cent, bitte.«

Lässig griff Max in seine Hosentasche – und erstarrte.

Sein eigenes Portemonnaie war weg – und alle anderen auch.

»Ich … habe wohl mein Geld vergessen«, murmelte und tappte wie auf Watte ohne Fruchtsaft aus dem Laden.

Im Auto atmete er tief durch und nahm sich vor, nie wieder und in keiner Situation vermeintlich hilflose Senioren zu unterschätzen.

# DOKTORARBEITEN ZUM SCHNÄPPCHENPREIS

Zu den größten Missverständnissen und gemeinsten Verunglimpfungen unserer Politiker gehört der Umgang mit abgeschriebenen Doktorarbeiten. Man tut Guttenberg, Schavan & Co. bitter Unrecht: Aufgabe unserer Volksvertreter ist nämlich nicht das kleinkarierte Zusammensuchen von Zitaten mit dem Nachweis von Quellen. Vielmehr sollen sie all ihre Kraft zum Wohl des deutschen Volkes einsetzen. Und genau das tun die Plagiatoren. Anstatt Monate und Jahre für eine korrekte Dissertation zu vergeuden, kopieren sie die Arbeit binnen dreier Tage oder lassen sie gleich von anderen schreiben.

Es liegt auf der Hand, dass sie dadurch Unmengen an Zeit sparen, die sie dann bis zur Erschöpfung für die Politik einsetzen. Wie sonst hätten die Gescholtenen gewissenhaft die Bundeswehrreform oder die Bildungspolitik umsetzen sollen? Auch dieser Pfusch braucht seine Zeit, ebenso die elegante Rechtfertigung der gescheiterten Projekte.

Nun könnte man fragen: Wozu überhaupt ein Doktortitel? Schon die Frage verrät Naivität. Man stelle sich eine internationale Konferenz mit Amtskollegen vor: Der Franzose hat an der Sorbonne promoviert, der Brite in Oxford, der US-Vertreter in Harvard, und die deutschen Vertreter können nur einen Hauptschulabschluss in Lüdenscheid oder ein Bachelorstudium am Legastheniker-Kolleg Krebsjauche vorweisen. Da würde man sie bestenfalls zum Kaffeekochen oder Schampusholen einteilen!

Um aus diesem Dilemma herauszukommen, haben sich unsere Volksvertreter etwas einfallen lassen. Die Arbeiten von Mitgliedern der Regierung und des Parlaments schreibt und benotet künftig der wissenschaftliche Kopierdienst des Bundestages. Da nicht sämtliche Arbeiten »Summa cum laude« erhalten können, werden die Zensuren unter Aufsicht von Juristen der Deutschen Klassenlotterie ausgelost.

Im Hinblick auf die politische Erbmonarchie wurde allerdings ausdrücklich verboten, den Vornamen »Doktor« zu vergeben. Zudem klärt gegenwärtig das Bundesrosstäuschergericht, ob es zulässig ist, den Vornamen »Dieter« mit »Dr.« abzukürzen.

Politiker aller Parteien lobten das neue System als Meilenstein bei der Anhebung des akademischen und wissenschaftlichen Niveaus der Abgeordneten. Hervorgehoben wurde auch, dass die Aktion den Steuerzahler keinen Cent koste. Vielmehr zahlten die neuen Doktoren je nach Note zwischen 1000 und 5000 Euro, die man ihnen angesichts der bevorstehenden Verdreifachung der Diäten durchaus zumuten könne.

Ausdrücklich betont wurde, dass der neue Service nur für Politiker gelte. Infolge einer missverständlichen Zeitungsmeldung wollten sich nämlich 3002 Normalbürger – darunter 2959 Analphabeten – ebenfalls um den begehrten Titel bewerben. Abgelehnt wurde auch das Angebot einer Supermarktkette, den Kunden bei einem Kauf von über 150 Euro den Doktortitel gratis dazuzugeben.

# DIE STEINBRÜCK-AFFÄRE

In der Bundesrepublik bahnt sich einer der größten Skandale seit dem 0:3 gegen Kroatien bei der WM 1998 im Viertelfinale in Frankreich an. Die Oldenburger *Taschenbillard-Zeitung* brachte ans Tageslicht, was viele schon vermutet hatten: Peer Steinbrück, designierter Verlierer der Bundestagswahlshow 2013, sei seit Jahren Geheimagent der schwarz-gelben Koalition. Sein Auftrag: Systematisches Schädigen der SPD.

Was zunächst wie eine wüste Verschwörungstheorie anmutet, erscheint bei näherem Hinsehen nicht so abwegig: Spätestens seit seiner Nominierung als Spitzenkandidat gibt er den Kotzbrocken auf nahezu allen Ebenen. Hatte er 2006 als damaliger Finanzminister die wirtschaftszerstörenden Heuschrecken als »Segen für die Volkswirtschaft« bezeichnet, so legte er nun erst richtig los. Mit seinen Fantasiehonoraren für wirres Gestammel vor Wirtschaftsbossen, für das ein Normalbürger keinen Cent bezahlt hätte, brachte er die Bürger gegen sich auf, und erst recht mit seiner platten Ausrede, nicht er sahne zu viel ab, sondern die Kanzlerin und ihresgleichen zu wenig. Als er dann ebenso urplötzlich etwas von »sozialer Gerechtigkeit« faselte, brachte er raffiniert die gesamte Partei auf einen Glaubwürdigkeitstiefpunkt.

Wann und wo genau Steinbrück angeworben wurde, liegt noch im Dunkeln. Im Umfeld der

Ex-FDJ-Funktionärin Merkel aus der Heimat des MfS hielt man sich verständlicherweise bedeckt, wobei einer der geheimen Drahtzieher im Vertrauen offenbarte: »Weitere Anwerbungen sind eigentlich überflüssig. Die SPD erledigt Steinbrück ganz allein.« Aber schließlich stehen ja noch Politiker anderer Parteien auf der Wunschliste.

Indes wurde auch das befreundete Ausland auf den Kanzlerkandidaten aufmerksam. So würden die US-Republikaner eine Menge Dollars springen lassen, um ihn als Spitzenkandidaten der Demokraten einzuschleusen. »Jeder Satz von ihm brächte uns zwei Prozent«, meinte der Chefideologe der Republikaner.

Wir sehen: Peer Steinbrück steht eine internationale Karriere offen.

»Gäbe es mehr von ihnen«, seufzte ein Unionspolitiker, »dann könnten wir die Demokratie mit friedlichen Mitteln entsorgen.«

# BURNOUT

Über 200 Nervenbündel aus Politik, Wirtschaft, Gesellschaft und Psychiatrie gedachten im Großen Ballsaal der Silbereisener Heilstätten in einer besinnlichen Feierstunde mit Weinkrämpfen, Tobsuchtsanfällen und Panikattacken des 203. Jahrestages der Erfindung des Burnout.

Es war am Neujahrstag des Jahres 1808. Heinrich von Kleist saß in seinem kohlebetriebenen Whirlpool und bereitete sich auf eine Lobhudelstunde bei Literaturprofessoren vor.

Vor der erlauchten Runde kam er gleich zur Sache: »Was haltet ihr von meinem ›Zerbrochenen Krug‹?

»Ich war es nicht«, versicherte Fürst N. Brunn.

Kleist wurde ärgerlich. »Und was sagt Ihr dazu?«, fragte er Graf Schaft.

»Wenn Brunn sagt, er war es nicht, dann war er es auch nicht.«

Plötzlich zückte Baron Ness seine Geldbörse und reichte Kleist 3 Taler. »Mehr wird Euer Krug ja wohl nicht wert gewesen sein.«

Kleist japste nach Luft. »Was sagt Ihr denn dazu, Prinz Gemahl?«

»Tja, wenn Ness freiwillig zahlt, dann hat er Ihren Krug zertöppert.«

Daraufhin verschwammen für Kleist hinten und unten, oben und quer, waagerecht und senkrecht,

Stunden und Kilogramm zu einer einzigen dialektischen Einheit: Der Burnout ward geboren!

Zunächst bemühte man sich, diese Sternstunde per Computeranimation nachzustellen, was daran scheiterte, dass es zwar Mäuse, aber weder Monitore noch Festplatten gab.

Im Jahre 1870 allerdings war es soweit. Im Zuge der industriellen Revolution wurde eine sensationelle Maschine entwickelt: Der Burnout konnte in Serie gehen.

Heute ist er aus unserem modernen Leben nicht mehr wegzudenken. Burnout-Schulen, in denen man Kreischen, blau Anlaufen, in Ohnmacht fallen, Hyperaktivität, dumpfes Starren, schwermütiges Seufzen und das restliche Burnout-Repertoire lernt, schießen wie Pilze aus dem Boden, und der Weltrekord vom Ruhezustand bis zum Zusammenbruch liegt bereits bei 34,06 Sekunden.

Ehrgeizige Mütter bläuen bereits ihren sechsjährigen Sprösslingen ein: »Jeder Tag Arbeit von der Beamtenvereidigung bis zur Frühpensionierung ist ein verlorener Tag.«

Echter, schneller, kränker, lautet das Motto, und nur einmal musste ein Burnouter disqualifiziert werden. Er hatte sich schon eine Woche vor seinem ersten Arbeitstag frühpensionieren lassen. Der Burnout-Verantwortliche des Deutschen Sportbundes sprach von einem bedauerlichen Einzelfall und warnte davor, die Burnout-Athleten pauschal zu verdächtigen.

Inzwischen haben Rententräger und Krankenkassen eigene Burnout-Tochtergesellschaften gegründet. Schon warnen die Börsengurus vor einer Burnoutblase. Aber noch ist kein Ende des Booms abzusehen: Immer mehr abhängig Beschäftigte begeistern sich für den Volkssport Nr. 1.

Allerdings muss gesagt sein: Ganz so einfach, wie es aussieht, ist Burnout nun auch wieder nicht. Kann es aber werden, wenn wir einige wichtige Grundregeln beachten.

1. Zunächst suchen wir uns einen Arzt unseres Vertrauens. Er sollte flexibel sein und finanzieller Anerkennung seiner Arbeit aufgeschlossen gegenüberstehen.
2. Wir erklären uns unserem Arbeitgeber gegenüber stets bereit, jede Aufgabe zu übernehmen.
3. Burnout entsteht offiziell nicht durch Faulenzen, sondern durch Überforderung, was zum Glück eine rein subjektive Kategorie ist.
4. Vorsicht mit Übertreibungen: So landet, wer einen Suizidversuch vortäuscht, womöglich in der Psychiatrie; wer sich vor Schlappheit nicht mehr aufrecht halten kann, bekommt vielleicht eine Vitaminkur oder Physiotherapie verordnet.

Wenn wir aber die Grundregeln beherzigen und ein wenig Talent für Schauspielerei und kreative Wahrheit haben, dann steht unserem Burnout nichts mehr im Wege. Und wenn wir auf dem Weg zur Arbeit im Straßencafé, abends in der Stranddisco oder sonntags im Schwimmbad immer dieselbe fröhliche sonnengebräunte Runde treffen, können wir sicher sein: Es sind erfolgreiche Burnouter. Voller Vorfreude können wir ihnen zurufen: »Mädels und Jungs, in zwei Monaten bin ich mit dabei.«

## DER BESTE PLATZ BEIM ANGERER

*»Das beste an der Gans ist die Haut«, schwört der Gourmet.*
*»Das einzig Taugliche am BMW ist der Aschenbecher«, lästert der Mantafahrer.*
*»Das Geschenkpapier ist mehr wert als das Präsent«, denkt sich das Geburtstagskind.*

Neulich waren Bine und ich im Restaurant. Das ist keineswegs alltäglich, denn wir brauchen Gründe, um Arbeitsplätze in der Gastronomie zu finanzieren. Zum Beispiel, wenn Austern, Hummer Americaine und Schampus auf Spesen gehen, wenn hier Ben Becker einmal höchstpersönlich randaliert hat oder ein Frauen-Psychiater Opfer eines gehörnten Sizilianers wurde.

All dies konnte der Angerer nicht bieten. Aber wenn man nach einer vierstündigen Schneewanderung voll Erstaunen feststellt, dass kein Verkehrsmittel für die Rückfahrt ins Hotel bereitsteht und außerdem die Magensäfte durch die Kombination aus Frischluft und Bewegung bis zur Orgasmusgrenze erregt sind, dann landet man zwangsläufig beim Angerer, eine jener Speisestätten, die mit Interieur, Flair und kulinarischer Qualität irgendwo zwischen McDonald's und Wienerwald liegen und deren positive Bewertung vom Bakschisch für den löffeljournalistischen Lokalredakteur abhängt.

Weltgewandt, wie wir nun mal sind, wussten wir

natürlich, dass man in den Tiroler Voralpen nicht Rostbratenburger bestellt, sondern »Bachforelle schwedische Art«, davor Nockerlsuppe und davor Obstler zum Aufwärmen.

»Ah!« Bine atmete tief durch wie Verona Pooth, die Inge Meysel nachäfft, wenn die Humphrey Bogart imitiert. »Das tut gut. Und jetzt geh ich mich erst mal frischmachen.«

Es ist empirisch erwiesen, dass sich zumindest im westlichen Kulturkreis Frauen 20,63 mal häufiger und 3,8 mal länger frischmachen gehen als Männer. Was mann in drei Minuten Klo-Viste jugendfreierweise treibt, bedarf keiner Erläuterung, bestenfalls einer Ergänzung. Einige zum Beispiel waschen sich anschließend die Hände und schütten sich in wortgetreuer Umsetzung des Wortes »Eau de Toilette« mehr Parfüm auf die Oberbekleidung als Mayo auf die Pommes.

»Bittscheen, der Herr!« Mit einem konspirativen, trinkgeldpflichtigen Blick wechselte der Mann im Pinguin-Look mein leeres gegen ein doppelstöckig gefülltes Obstlerglas und wartete die drei Sekunden, die ich zum Austrinken brauchte.

Achtung, Bine im Anmarsch! Sie sah noch ungeschminkter und animativer aus als vor 20 Minuten.

Bis heute fasziniert es mich, dass du Unmengen Zeit und Geld aufwenden musst, um halbwegs ungeschminkt und natürlich auszusehen. Da siehst du die Frohnatur Brüderle, dem auch Arbeitslosigkeit und Frauenfeindlichkeit nicht die Laune verderben können, braungebrannt und bester Gesundheit im ARD-Studio – und tags darauf live vor Betreten des

Plenarsaals wie der Tod auf Inline Skates: Hat er binnen zwölf Stunden Lungenkrebs, Aids und BSE auf einmal bekommen?

»Du musst mal aufs Klo gehen«, sagte Bine erhitzt. »Ich sage dir: Du glaubst es nicht, ehrlich. Aber vorher trinken wir noch einen. Ist das für dich dann der dritte oder der vierte?«

»Was gibt's auf dem Klo? Einen Sittenstrolch?«

»Kalt.«

»Eine Leiche?«

»Noch kälter, aber kuck's dir doch selber an.«

Die 15 Meter Fußweg hatten sich gelohnt: Das WC-Foyer war ein einziger mindestens 40 Quadratmeter großer Traum aus Marmor und Blattgold. Ein Hauch von Bernsteinzimmer lag in der airconditionierten Fichtennadel-Luft. Aus acht in die Wände eingelassenen Lautsprechern ertönte leise Kuschelmusik. Der Typ neben mir wusch sich schon seit zwölf Minuten die Hände. Aus einer Kabine kam ein glücklich verlegenes Pärchen mit zersausten Haaren. Ach ja: Beim Angerer gibt es keine getrennten Toiletten ...

»Na, was ha' ich gesagt!«, strahlte Bine mich an. »Ein Traum von einem Klo.«

Nun ist es Geschmackssache, ob man auf Trauerfeiern Beerdigungswitze erzählt oder bei Tisch über WCs räsoniert. Vor allem, wenn man dadurch ungebetene Diskussionsteilnehmer anzieht, die meist deutsche Urlauber sind und im Ballermann auf Mallorca wegen Aufschneiderei Hausverbot haben, wie das Pärchen am Nebentisch. Er vermutlich Hamburg-Mannheimer Versicherungsdrücker, sie Tupperware-Drückerin.

Falsch getippt. Oder sie gaben sich als was anderes aus: Er drängte uns eine Visitenkarte »Heinz Krause. Import-Export« auf, sie empfahl uns ihre Bochumer Boutique »Bei Babsi«.

»Die nobelsten Toiletten gibt's in Italien«, behauptete Heinz. »In Milano und Firenze hängen sogar alte Meister an den Wänden.«

»Und in Petersburg alte Ikonen«, fügte Babsi hinzu. »Wobei die Toiletten in Paris, Singapur und Sidney natürlich auch ihren eigenen Charme ausstrahlen.«

Nach zehn Minuten war ich überzeugt: Der Papst mag die Flughäfen dieser Welt kennen, Boris Becker alle Tennisumkleidekabinen zwischen Key Biscane und Dubai: Die Krauses aber kennen sämtliche Edel-Toiletten unseres Planeten.

Vergeblich versuchte ich, das Thema zu wechseln. Ob Blauhelmeinsatz, Theaterpremiere oder Museen, sofort konterten die beiden mit Schilderungen der Klos in Bagdad, Bayreuth oder Venedig.

Bine aber setzte noch einen drauf. Sie winkte den Ober heran. »Wäre es möglich, dass wir ... äh, Sie wissen schon.«

»Nein, gnädige Frau.«

»Wir würden gern auf dem Klo dinieren«, erläuterte die gnädige Frau.

Nach Entgegennahme von 150 Euro nahm er unser Begehr tatsächlich ernst.

Wandschirm inklusive.

Wenn Pathologen beim Sezieren von Leichen Spaghetti bolognese herunterkriegen, obwohl man die Tomatensauce kaum von Blut unterscheiden kann, warum sollen wir nicht auf einer luxuriösen Toilette eine festliche Mahlzeit einnehmen? Das einzig Eklige war jedenfalls, dass Babsi die Sahnesauce aus den Mundwinkeln tropfte.

---

Inzwischen sind wir umgezogen. Bine hat das Bad größer und prunkvoller als den Rest unserer Wohnung eingerichtet. Hier stehen Fernseher, Hifi-Turm, PC, Kühlschrank, Mikrowelle und alles, was ein menschenwürdiges Leben so ausmacht. Langsam fragen wir uns, wozu wir die anderen Räume überhaupt noch brauchen.

# DER LÜGENDETEKTOR IM WAHLKAMPF

Pünktlich zur Bundestagswahl haben die Parteien ihr wichtigstes Mittel beim Kampf um die Wählerstimmen – die Wahlkampflüge – auf wissenschaftliche Füße gestellt. Zwar haben die meisten Politiker das Lügen ohne rot zu werden so zeitig gelernt wie die Babys den aufrechten Gang – und die dreistesten Lügner werden häufig als »Schlitzohren« gelobt –, dennoch kann ein einziger Versager, der ob der von ihm zu vertretenden Unverfrorenheit in heilloses Stammeln oder in einen Lachkrampf verfällt, die gesamte Partei entscheidende Stimmen kosten. Dabei ist die längst erwiesene Tatsache, dass viele Volksvertreter gar nicht wissen, ob das, was sie der Parteispitze nachquatschen, Wahrheit oder Lüge ist, nur ein schwacher Trost.

Um derlei Pannen zu vermeiden, schulen die Parteien ihre Spitzenleute jetzt mit Lügendetektoren. Die vermeintlich todsicheren Wahrheitsautomaten sind bei ausreichendem Training eben doch zu überlisten.

Da der Detektor eine Lüge bekanntlich am Ansteigen von Puls, Blutdruck oder schnellem Atem erkennt, kann der Volksvertreter einen permanenten Erregungszustand trainieren, zum Beispiel durch konzentriertes Denken an sein Schweizer Nummernkonto. Wer permanent auf 180 ist, wird bei den paar Wahrheiten keine anderen Werte ausweisen beziehungsweise keine anderes Erscheinungsbild abgeben als bei den Lügen: Wer bei der wahren Feststellung »Der Wahltag rückt immer näher« genauso stottert und brüllt wie bei der Aussage »Die Renten sind sicher«, dem kann man die Rentenlüge nicht anmerken.

Ein ähnlich positives Ergebnis erzielen die Volksvertreter, indem sie einfach nicht zuhören. Wer dann auf die Fragen »Haben Sie 42 Geschwister?« und »Haben Sie je eine Schule besucht?« mit »Ja« antwortet, erzielt logischerweise ähnliche Lügenausschläge auf dem Detektor wie bei der Frage »Wollen Sie Ihre Wahlkampfversprechen einhalten?«

Im Idealfall hat sich der Proband den Unterschied zwischen »gut« und »böse« und »Wahrheit und Lüge« vollständig abtrainiert und erreicht das gute Gewissen als Dauerzustand. Im Wahlkampf kann er reinsten Herzens und mit Begeisterung den größten Schmarrn erzählen und dabei dem Stimmvieh gerade und offen in die Augen schauen.

Im Grunde ist dies nichts anderes als die wissenschaftliche Fortentwicklung der Lebensphilosophie Konrad Adenauers: »Was interessiert mich mein Geschwätz von gestern?«

Das ist das Holz, aus dem die modernen Politiker geschnitzt sein müssen. Man denke an Klaus Wowereit beim Flughafen-Desaster, Thomas de Maizière bei seinem Drohnen-Minus von einer halben Billion Euro, Stefan Mappus mit der Bahnhofskatastrophe Stuttgart 21 oder Wolfgang Schäuble mit seiner »Kofferlüge«.

## AUGEN AUF BEI DER BERUFSWAHL

In der heutigen unsicheren Zeit ist nach der Entscheidung für die passende Luxuslimousine, den adäquaten Bullterrier oder den richtigen Supermarkt für Ladendiebstahl keine so wichtig wie die bei der Berufswahl. Selbst zwanzig Semester Studium plus Doktortitel in ostindischer Vasenmalerei eröffnen kaum Chancen auf eine Anstellung als Sportlehrer. Deshalb hat jetzt die Heilanstalt für Arbeit eine Liste lukrativer und karriereträchtiger Jobs mit ihren Vorteilen veröffentlicht.

Bewusst ausgeklammert wurde dabei ein Aspekt, der für fast alle Berufe zutrifft, nämlich die Bestechlichkeit. Politiker, Richter, Staatsanwälte und Journalisten, aber auch TÜV-Prüfer, Lebensmittelkontrolleure oder Umweltinspektoren können sich damit locker ein zweites oder drittes Monatsgehalt hinzuverdienen.

Hier also das Ergebnis der 320 Seiten umfassenden Studie in Kurzfassung:

*Ärzte:* Durch Abrechnung nie erbrachter Leistungen können sie bei den Kassen mühelos das Dreifache ihres legalen Honorars abgreifen. Nur in Extremfällen fliegen sie auf, etwa wenn sie bei einem verstauchten kleinen Finger ein EKG oder dreißig Hausbesuche erfinden. Auch nehmen Ärzte bei wichtigen Eingriffen nicht die besten, sondern die für sie persönlich günstigsten Produkte, also solche, für die sie Bonuszahlungen des Medizinprodukteherstellers erhalten. Gleiches gilt bei der Auswahl der Medikamente, wobei sie den Empfehlungen des engagierten Pharmavertreters blind vertrauen.

*Automechaniker:* Wenn in einer Autowerkstatt für einen dem Kunden berechneten neuen Motor tatsächlich ein solcher eingebaut wurde – anstelle eines Motors vom Schrottplatz –, riskiert der Mechaniker die Kündigung.

*Stromableser und alle Jobs, bei denen man die Wohnung des Kunden betreten muss:* Irgendwas Wertvolles findet sich in fast jeder Wohnung, und sei es nur ein Silberbesteck oder (»Darf ich mal Ihre Toilette benutzen«) ein Edelparfüm. Besonders beliebt als Kunden sind Senioren, die ihre Geldbörse mit der gerade abgeholten Rente offen herumliegen lassen.

*Restaurantchef:* Szene-Ambiente, exotische Namen der Gerichte und Fotos von prominenten Gästen, die hier angeblich schon speisten, gestatten die Verwendung billigster Zutaten in der Küche und höchste Preise auf der Karte.

*Klempner, Elektriker, Heizungsmonteur und alle Jobs, in denen man dem Kunden als Laien einen vom Pferd erzählen kann:* Bei verstopften Abflüssen, die in zehn Minuten behebbare Ursache (zum Beispiel Haare) verschweigen und stattdessen die gesamte Wand aufstemmen. Schlüsseldienstler, die mit oder ohne Einbruchsvorstrafe eine Tür in 30 Sekunden öffnen könnten, stattdessen aber das alte Schloss aus- und ein überteuertes neues einbauen. Fernsehmonteure, die die kaputte 1-Euro-Sicherung nicht ersetzen, sondern das Gerät in ihre Werkstatt transportieren.

*Altenheimbetreiber:* Eine attraktive Alternative zum Bankraub oder Börsenbetrug: Man überredet die naturgemäß meist hilflosen Senioren, das Heim als Universalerben einzusetzen. Auch für die liebevolle Krankenschwester fallen Prozente ab.

*Fußballmanager:* Wir kaufen eine Lusche aus Brasilien (klingt immer gut) mit Realwert 50 000 für 2,6 Millionen Euro. Dann wird geteilt: Die Brasilianer erhalten 100 000 für eine falsche Rechnung. Unser Trainer 500 000, damit er den Spieler unbedingt will. Die restlichen zwei Millionen behalten wir. Unsere Ausrede: Fehleinkäufe kommen immer mal vor.

## DIABESIS SELBSTMORD

Die Entscheidung, dass Diabesi weg musste, fiel im Präsidium mit zwölf zu zwei Stimmen bei fünf Enthaltungen. Eine weitere Kampfabstimmung ergab zehn für Suizid, drei für Raubmord und je zwei für Fenstersturz, Autounfall und Flugzeugabsturz, womit der Selbstmord mit der erforderlichen absoluten Mehrheit angenommen wurde. Hinsichtlich der Umsetzung dieses Präsidiumsbeschlusses votierten drei Mitglieder für eine private Entsorgungsfirma, fünf für die Russenmafia und elf für den BND.

Den Zuschlag erhielt das Pullacher Verfassungsorgan. Es hatte das »Rundum-Sorglos«-Angebot im Rahmen der Werbewochen des Innenministeriums unterbreitet: Laut Hochglanzprospekt wollte der Geheimdienst für nur 12000 Euro »all inclusive« nicht nur für die fachgerechte Exekution nebst Abschiedsbrief in Kujauqualität mit zweijähriger Garantie sorgen, sondern auch für den hysterischen Leichenfinderschrei der bosnischen Putzfrau am nächsten Morgen und deren Anruf bei der Polizei, deren vier Beamte und zwei -innen keinen Verdacht auf Fremdeinwirkung hegen würden. Im Preis inbegriffen waren außerdem der Arzt, der arglos den Totenschein ausstellen, und schließlich der Bestatter, der den Selbstmörder Diabesi samt aller Spuren zügig pulverisieren würde.

»Klingt doch gut«, hatte der Vorsitzende festgestellt, »Ende Nordmende«.

Zwar hatten einige junge Wilde christlich-moralische Skepsis geäußert, ob denn im Zeitalter von Kommissarin Furtwängler und dem Bullen von Tölz der perfekte Selbstmord überhaupt möglich sei und was denn im Falle eines Auffliegens mit ihrer Karriere als Jung-Staatssekretäre und Nachwuchsminister würde. Diese ethischen Skrupel konnte der Vorsitzende durch den Hinweis zerstreuen, alle direkt an der Ausführung Beteiligten würden unmittelbar nach der Aktion, in einem dunkelgrauen Kleinbus hockend, an einem unbeschrankten Bahnübergang vom TEE Paris-Berlin (planmäßige Ankunft Hauptbahnhof 8 Uhr 56) erfasst und etwa 85 Meter mitgeschleift. Dafür habe man eigens einen staatlich geprüften islamistischen Fahrzeugbrandexperten engagiert. Vor allem aber leuchtete dem gewissensgeplagten Politnachwuchs das Argument ein, Parteigeschäftsführer Diabesi habe umfangreiches Denunziationsmaterial – von den Jüdischen Vermächtnissen über die Beraterhonorare im Zusammenhang mit Waffenexporten bis hin zu den alltäglichen Dankeschönspenden – akribisch zusammengestellt und befinde sich in Vertragsverhandlungen mit einem großen Nachrichtenmagazin.

Nun aber werde man neben der Leiche des Selbstmörders nicht nur die rührenden und von Geständnissen durchzogenen handgeschriebenen Abschiedszeilen finden, sondern auch sorgsam hergestellte Belastungsdokumente, wonach Diabesi buchstäblich an allen krummen Dingern der letzten hundert Jahre beteiligt war, mit Ausnahme vielleicht des englischen Postraubs.

»Es ist also alles bis ins kleinste Detail exakt geplant«, fasste der Vorsitzende zusammen.

Nahezu tausendundeinmal hatte BND-Hospitant Heinz Kasulske die Exekution mit einem NDP-Kameraden geübt: War es möglich, sich einer am Schreibtisch sitzenden männlichen Person hinterrücks zu nähern, sie blitzschnell mit einem im richtigen Winkel aufgesetzten Schläfenschuss zu eliminieren?

»Klaro«, war Kasulskes Fazit, »müsste klappen.«

Und an jenem Freitag, dem dreizehnten war es so weit.

Das Öffnen der Altbauwohnung mit dem Türschild »Diabesi« war reine Routine. Nur knapp dreißig Minuten warteten sie, dann traten sie demokratisch die Tür ein und fanden Diabesi schlafend in seinem Bett. Wie bei der Fascho-Gruppe NSU und ihrer Schwesterorganisation BND üblich, jagten sie ihm einige Kugeln ins Herz, drückten ihm eine aus der BND-Asservatenkammer entwendete 38er in die Hand und gaben wegen der notwendigen Schmauchspuren an ebendieser Hand einige Schüsse ab. Danach schleppten sie ihn an die Tür. »Der lässt keine Parteifreunde mehr auffliegen«, murmelte der Liquidator mit Blick auf den erkaltenden Diabesi. Noch ein letzter Blick – nichts liegengelassen, nichts vergessen? – und nichts wie weg … Doch da passierte es: Unerwartet und viel zu früh tauchte die Kripo auf. Die sorgsam konstruierte Selbstmordthese platzte. Aber auch für solche Pannen gab es einen Plan, und der Vorsitzende schwankte nur kurz, wie er gegenüber der Kripo reagieren sollte. »Das darf doch wohl nicht wahr sein«, klang zu sehr nach Ohnsorg-Theater, stierer Blick aus dem Fenster wirkte zu pilcheresk.

In der *Tagesschau,* einem Vorläufer der *Aktuellen Kamera,* erklärte der Innenminister, heldenhafte Beamte hätten den Geheimagenten Diabesi in Notwehr erschossen.

»Es kam gerade in den Nachrichten.« Kriminalhauptkommissar Salu Palu, dem man seine 18 Jahre Tatort angerechnet hatte, war zur Stelle und kam gleich zur Sache: »Also so was von Notwehr aber auch! Notwehriger geht's gar nicht.«

»Na sag ich doch«, entfuhr es dem Innenminister, der um ein Haar den Kommissar ein Gläschen Schampus zur Feier des Tages angeboten hätte.

Doch dann kam die Pressekonferenz und jene Frage eines Journalisten: »Bleibt eigentlich nur noch ein kleines Problem, Herr Minister. Könnten Sie uns bitte erklären, wie ein alter Mann, der nicht einmal seine Hände bewegen kann, das Feuer auf ihre Kamarilla eröffnen kann?«

Dem Innenminster klappte der Unterkiefer Richtung Doppelkinn. »Ich ... versteh nicht.«

Der Journalist grinste überlegen wie ein Tatortkommissar. »Der Tote ist Willi Wilke, ein 82-jähriger Querschnittsgelähmter.«

Wie durch die Zellentür eines Untersuchungsgefängnisses hörte der Innenmister den Journalisten fortfahren: »Wilke wohnt – wohnte – in der zweiten

Etage, Herr Diabesi in der dritten. Er hat übrigens bereits Selbstanzeige erstattet. Durch den Austausch der Türschilder habe er Herrn Wilke einen Streich spielen wollen. Wir glauben zwar, dass er genau diese Tat vorhergesehen und Wilke als Köder benutzt hat, aber das kann man ihm wohl kaum beweisen.«

Der Innenminister schien um zwei Legislaturperioden gealtert. Er überlegte fieberhaft, ob er den Muttersöhnchen im Präsidium eindringlich genug klargemacht hatte, dass sie »genauso mit drinhängen«. Er dachte an die saudumme Etagenverwechselung und bereute zutiefst, den banalen Witz nicht ernstgenommen zu haben, wonach BND-Leute nicht bis drei zählen können.

# KRITISCHER JOURNALISMUS

Namhafte Wissenschaftler wie der Dortmunder Politikprofessor Thomas Meyer bezeichnen unser unvergleichlich optimales System als »Mediokratie«: Weder die Erbmilliardäre noch die Wirtschaft oder die Politiker – und das Volk schon gar nicht – beherrschen unser Land, sondern die Medien. Diese glückliche Fügung funktioniert natürlich nur, weil unsere Journalisten kritisch und unbestechlich sind, wie mir kürzlich ein leitender Redakteur nach einer sechswöchigen Karibik-Kreuzfahrt auf Einladung eines Großkonzern hoch und heilig versicherte.

Schonungslos werden die wahren Probleme beim Namen genannt, wie folgender Kommentar aus einem weltweit renommierten Spitzenblatt belegt:

»Nichts wühlt – mit Ausnahme der Resultate unserer Fußballnationalmannschaft – die Gemüter zurzeit dermaßen auf wie die Angst um den Euro und die ins Astronomische steigenden Summen der diversen Rettungsschirme. Mal für die Wirtschaft, mal für die Banken, mal für die Griechen – sogar der Preis für Regenschirme ist im vergangenen Jahr um 2,8 Prozent gestiegen. Nun weiß der kritische Bürger natürlich, dass die Basis das Fundament jeder Grundlage ist; und von daher ist schnelles und entschlossenes Handeln angesagt: Es muss etwas geschehen. Insofern verdient die Aussage der Regierung unseren tiefsten Respekt: ›Entschlossenheit ist das Gebot der Stunde.‹ Aber auch die Opposition stellt sich mutig dem Problem: ›Zögern und Zaudern wäre Gift in dieser Situation.‹

Sieht man der Sache einmal sachlich ins Auge, so stellt man fest: 1. Es gibt die EU. 2. Es gibt den Euro. 3. Es gibt Griechenland. Wer diese Tatsachen ignoriert oder herunterspielt, hat die Zeichen der Zeit nicht erkannt. Mit dieser Realität müssen sich die Verantwortlichen auseinandersetzen und sich den daraus resultierenden Aufgaben stellen.

Und unsere Regierung tut genau dies: ›Wir werden unverzüglich das Notwendige veranlassen‹, hieß es aus Kreisen der Koalition. Aber damit nicht genug: ›Das Richtige ist zu tun und alles Falsche zu unterlassen.‹

Tatsächlich wird hier unser Gemeinwesen ernst genommen. Kritisch anzumerken wäre allerdings, dass das Thema »Die Notwendigkeit des Unausweichlichen« wohl mit Rücksicht auf kritische Stimmen aus den eigenen Reihen ausgespart wurde. Dabei treibt doch gerade heute den Bürger auf der Straße die Frage um: ›Wenn die lex ex cathedra zur Normativität des Faktischen wird, mündet das nicht in eine contradictio in adiecto?‹

Mit anderen Worten: Wenn alles so weitergeht wie bisher: Wie ginge es weiter, wenn es nicht so weitergeht wie bisher?

Neulich hörte ich auf dem Wochenmarkt Schmargendorf zwei Fischverkäuferinnen erregt debattieren: ›Ist nicht die Heisenbergsche Unschärferelation der Schlüssel zur Lösung der Eurokrise?‹ Daraufhin die andere leicht aggressiv: ›Sie ignorieren völlig die

Goldbachsche Vermutung.‹ Ein angesehener Verkäufer von Textil-Hehlerware mischte sich ein: ›Sie können aber die Einsteinsche Relativitätstheorie nicht einfach ignorieren. Auch wenn sie inzwischen teilweise widerlegt wurde.‹

›Ich hätte gern 400 Gramm Kabeljau‹, meldete sich eine Kundin ungeduldig zu Wort und beendete damit das politische Gespräch.

Nicht alle unserer Mitbürger, war mein ernüchterndes Fazit, sind schon reif für die Demokratie.«

Dieser Kommentar ist ein Paradebeispiel für informativen, kritischen Journalismus. Und deshalb werden unsere Medien auch zu Recht als Stützpfeiler und Garanten unserer lebendigen Demokratie angesehen.

# UMWELT-KOMPETENZ

*Aus einem geheimen Informationsblatt des Umweltministeriums*

Nirgendwo wird so viel Lärm um nichts gemacht wie beim Umweltschutz. Ginge es nach den Öko-Psychopathen, so würden wir alle mit dem Tretroller zum Urlaub in Portugal fahren und unsere Villen mit Lagerfeuern heizen. Aber die Argumente dieser Heilsbringer lassen sich mit geschickter Argumentation entkräften.

Nehmen wir zum Beispiel das Ozonloch, das angeblich die Temperatur ansteigen lässt und Strahlenschäden verursacht. Doch wer wünscht sich nicht ein Klima wie in Malibu oder Tahiti, wo das ganze Jahr über das Thermometer mindestens 30 Grad zeigt? Und wäre es nicht herrlich, wenn wir auch in der Arktis baden könnten und überflüssige Städte wie Hamburg oder Bremen zu Binnenseen würden?

Ebenso verhält es sich mit der Strahlenhysterie: Wieso gehen wir fast täglich ins Solarium? Weil wir schön braun werden wollen und uns davon größere Chancen beim anderen (oder gleichen) Geschlecht erhoffen. Das Ozonloch aber ermöglicht uns Sonnenbaden rund um die Uhr. Daher kann es nicht groß genug sein.

Auch das Kohlenstoffdioxid wird von den Birkenstocksandalen-FetischistInnen aufs Übelste verunglimpft. Dabei kann man es weder sehen noch riechen. Also was soll's? Hinzu kommt: Hauptfeind soll unsere verdienstvolle Autoindustrie sein, dabei hat doch das Daimler-Institut kürzlich nachgewiesen, dass nur 0,002 Prozent des $CO_2$ von Kraftfahrzeugen ausgestoßen werden, der Rest geht auf das Konto der Kohlensäure in unseren Getränken. Niemand will doch im Hochsommer eine labbrige, lauwarme Limo trinken.

Ein weiteres Hassobjekt ist die angebliche Zerstörung des Waldes. Aber dieselben Moralapostel beklagen sich dann, wenn sie sich in viel zu großen Wäldern verlaufen und vor lauter Hunger geschützte Tierarten verspeisen. Noch peinlicher ist das Gedöns um den tropischen Regenwald. Nicht umsonst lautet eine alte Volksweisheit: »Ich glaub, ich bin im Wald.« Und warum nennt man geistig zurückgebliebene Mitbürger »Hinterwäldler«? Bei halbwegs sachlicher Betrachtung hat sich der Wald als Relikt aus dem Mittelalter historisch überlebt.

Ähnliches trifft auf den Gewässerschutz zu. Bei vielen gilt sauberes Trinkwasser als heilig. Wäre es wirklich so wichtig, dann müssten die meisten Völker – vor allem in den südeuropäischen Staaten – schon längst durch Infektionen und Krankheiten ausgerottet sein. Denn das Gegenteil ist der Fall: Die Eingeborenen wissen, dass man Wasser einfach nur abkochen muss, um es genießbar zu machen. Unsere Umweltfanatiker aber sind zu faul dafür. Wahrscheinlich träumen sie auch davon, im Bioladen heiße Fünf-Minuten-Eier mundgerecht kaufen zu können.

Natürlich ist auch die Bundesregierung gegen Umweltverschmutzung. Aber die spielt sich ganz woanders ab. Hauptschuldige sind nicht etwa die Konzerne, sondern die Bürger selbst: Nach einer U-Bahnfahrt werfen sie den Fahrschein einfach auf die Straße, kleben Kaugummis an Laternenpfosten und entsorgen Currywurstspießchen achtlos im Rinnstein. Nach dem Anzünden einer Zigarette werfen sie das Streichholz achtlos weg; und manch einer schreckt nicht einmal davor zurück, nach dem Öffnen der nächsten Packung den kleinen Alu-Streifen skrupellos auf den Bürgersteig zu werfen. Wieder andere schämen sich nicht, nach Frequentierung sanitärer Anlagen das WC-Papier herunterzuspülen und damit gefährlichste Kolibakterien in das Grund- und damit in unser Trinkwasser zu befördern.

Solange diese Hauptschuldigen, rund 90 Prozent unserer Mitbürger, nicht empfindlich bestraft werden, wird sich nichts ändern.

Die Bundesregierung aber macht jetzt Nägel mit Sprengköpfen: Für alle genannten Vergehen wird es eine Freiheitsstrafe nicht unter 3 Jahren geben. Zusätzliche Geldstrafen kommen selbstverständlich einem wohltätigen Zweck zugute, etwa der Autoindustrie oder den Parteikassen der Union, zahlbar auf ein Schweizer Nummernkonto.

## POLIZEI-AUSBILDUNG

Es war längst überfällig. Endlich, verlautet aus Kreisen der Innenminister des Bundes und der Länder, wolle man die Polizeiausbildung gründlich reformieren. Das Ausschießen des 66-jährigen Rentners Dietrich Wagner durch einen Wasserwerfer anlässlich der Proteste gegen die Ganovengroteske Stuttgart 21 am 30. September 2010 ist eine zwar lobenswerte Einzelaktion gewesen (ob der Beamte dafür von seinen Kollegen als Volksheld gefeiert wurde, ist nicht bekannt), aber der mutige Polizist war auf sich allein gestellt. Wieso hat niemand den Fotografen wegen Widerstands gegen die Staatsgewalt in Notwehr erschossen (»ausgepustet«, wie es auf Polizeideutsch heißt)?

Die neue Ausbildung vereint wissenschaftlich-theoretisches Wissen und praktische Übungen. Wie zum Beispiel schiebt man nach sächsischem Vorbild à la NSU die Morde seiner Neonazifreunde den »Islamisten« oder Al Qaida in die Schuhe? Wie nimmt man die wahren Mörder aus der Schusslinie? Wie türkt man Alibis? Wie platziert man am Tatort eindeutige Indizien wie den Koran oder ein Bild Osama bin Ladens? Wie fälscht man glaubwürdige Bekennerbriefe? Mit einem Schreiben »Nieder mit dem Guten, es lebe das Schlechte, mit freundlichem Gruß, Ihre Islamistischen Mörder« ist es nicht getan. Daher werden die begabtesten unter den Polizeischülern in die Kunst der Schrift und der Ausdrucksweise der Araber und Türken eingewiesen. Das Auswürfeln von Verdächtigen wird ebenfalls geübt. Auch Hausdurchsuchungstraining findet statt, Schwerpunkt: Wo bringt man welches mitgebrachte Beweisstück unter oder wann hinterlässt man prophylaktisch ein Pfund Heroin aus der polizeilichen Asservatenkammer?

Das A und O beim Kontakt von Polizei und Bürgern ist der freundliche Umgangston; eine Orientierung für die Polizeischüler sind Sätze wie »Ich mach dich platt« oder »Pass auf, dass du ins Gras beißt«. Ähnlich verhält es sich beim weiteren Kontakt mit Festgenommenen. Am besten mit Handschuhen arbeiten und mit den Kollegen eine Version absprechen.

Eine der anspruchsvollsten Aufgaben ist die Einstimmung von Zeugen auf erforderliche Aussagen. Hier ist Vorsicht geboten, denn überzogene Forderungen könnten den Gang des Delinquenten, also des Zeugen zum Anwalt oder gar zur Presse auslösen. Erzählt er dort von Bemerkungen wie »Ihre Frau hat so ein hübsches Gesicht; das soll doch auch so bleiben« oder »Manchmal fliegen Autos in die Luft« und wird solches erst einmal aktenkundig, hilft nur noch Beten, dass keinem der Bedrohten etwas passiert.

Jedenfalls, da war man sich in Kreisen der Innenminister einig, ist die neue Polizeiausbildung ein gewaltiger Schritt nach vorn. »Bei der Gestaltung von Sozialstaat, Rechtsstaat und Grundgesetz«, so hieß es, »müssen wir uns auf unsere Polizei verlassen können.«

# DIE FAMILIE MUSS ZUSAMMENHALTEN

Nach den Missverständnissen um die Beschäftigung von Familienmitgliedern unserer Volksvertreter sprach das Bundesministerium für Vetternwirtschaft jetzt ein Machtwort. Nur noch höchstens zehn Verwandte von acht bis achtzig Jahren dürfen ab sofort auf Steuerzahlerkosten beschäftigt werden. Allerdings würdigte der Minister den Familiensinn der Betroffenen. Gerade in einer Zeit, in der Kinder schon mit 30 von zu Hause auszögen und Eltern ins Altersheim abgeschoben würden, sei dieser Zusammenhalt vorbildlich.

Vorbildlich sei vor allem das Freibier-Parlament *(Spiegel)*, der Landtag Bayerns. Hier wurden im Mai 2013 insgesamt 79 Abgeordnete, darunter 56 von der CSU, von den linksradikalen Medien wie der *Süddeutschen Zeitung* schamlos an den Pranger gestellt, unter ihnen auch Siegfried Schneider, ehemals Kultusminister und Staatskanzleichef, und Landtagsfraktionschef Georg Schmid, der seiner Ehefrau 23 Jahre lang bis zu 5 500 Euro als Mitarbeiterin gezahlt hatte, doppelt so viel wie ein übliches Sekretärinnengehalt.

Da man es dem von Missgunst getriebenen Wähler nie recht machen kann, fürchtet unsere Kanzlerin sogar um ihren Wahlsieg – in einer Emnid-Umfrage Anfang Mai sackte die Union um drei Punkte auf nur noch 37 Prozent ab – und setzte alle Hoffnung auf den vorbildlichen Familienvater (nur ein uneheliches Kind!) Horst Seehofer. Und der bajuwarische Regent griff hart durch. So müssen all seine betroffenen Minister und Staatssekretäre die Gehälter zurückzahlen, die ihre Familienangehörigen aus dem Staatssäckel verdient haben, und die Anstellung der Sippschaft durch Abgeordnete ist nun gesetzlich verboten.

Die erwähnte konsequente und zeitgemäßere Regelung des Vetternwirtschaftsministeriums begründete eine Sprecherin, Nichte des Ministers, damit, dass die Anstellung Verwandter des Königshauses und des Hofstaats, ja sogar die komplette Besetzung der Regierung, eine jahrhundertealte deutsche Tradition sei. Ihr Lebensgefährte und Bruder, Staatssekretär Nottelbeck, verwies zudem auf die Schöpfungsgeschichte des Alten Testaments. Da nämlich Kain nach dem Brudermord an Abel und nach Adams Tod durch Herzinfarkt der einzige zeugungsfähige Mann gewesen sei, Gott aber keine zweite Frau geschaffen habe, müsse er die ersten Nachkommen der Menschheit schließlich mit seiner Mutter Eva gezeugt haben.

Vor diesem Hintergrund sei die Vetternwirtschaft erst recht als gottgewollt zu betrachten. Schließlich komme Politik ohne gegenseitiges Vertrauen nicht aus, und wo sei dieses Vertrauen so urwüchsig und über Jahre gewachsen wie unter Verwandten?

# DIE KABINETTSABSTIMMUNG

Anders als in Diktaturen werden die wichtigen und völkerrechtlich ebenso wie moralisch unanfechtbaren Entscheidungen zum Wohle unseres Volkes und des gesamten Universums nicht von einigen korrupten Machthabern gefällt, sondern vom Volke selbst, vertreten durch unsere Abgeordneten und die wiederum vertreten durch unser Bundeskabinett.

Wie eine solche an demokratischem Geist schwer zu übertreffende Entscheidung zustande kommt, zeigt beispielhaft die legendäre Abstimmung über die Ausnahmegenehmigung für den Export von umweltverträglichen Bio-Waffen nach Saudi-Arabien mit dem Ziel, den Dialog der dortigen Regierung mit der Bevölkerung nachhaltig zu befruchten. Hier die entscheidende Passage aus dem Sitzungsprotokoll vom 18. Januar.

Für die Genehmigung haben gestimmt:

Der Minister für

... Inneres, der auch dem nächsten Kabinett wieder angehören möchte

... Auswärtiges, der den stellvertretenden Parteivorsitz anstrebt

... Verteidigung, dessen Schwippschwägerin einen millionenschweren Beratervertrag mit der Bundeswehr erhalten will

... Arbeit, der sich beim Hausbau übernommen hat und dringend eine persönliche Parteispende von der Rüstungsindustrie benötigt

... Familie, der mitsamt seiner zehnköpfigen Familie eine vierwöchige Dienstkreuzfahrt im Pazifik auf sich genommen hat

... Bildung, dessen Ältester trotz einer Abiturnote von 4,4 ein Hochbegabtenstipendium für die Universität Harvard erhalten hat

... Justiz, der dank seiner Überzeugungskraft gleich in zehn Fällen die zuständigen Staatsanwälte zur Einstellung von Korruptions-Strafverfahren gegen seine Verwandtschaft bewegen konnte

... Entwicklung, der seiner Heimatstadt ein 20 000 qm großes Grundstück mit einer rundum renovierten 14-Zimmer-Villa für 50 000 Euro abkaufen konnte

... Energie, der nach Ende seiner Politikerlaufbahn Vorstandschef eines Energiekonzerns werden soll

... Verkehr, der mittelfristig das Amt des Bundespräsidenten anstrebt

... Wirtschaft, der auf eine Baugenehmigung für ein Einkaufzentrum im Naturschutzgebiet hofft

... Finanzen, auf dessen Schweizer Nummernkonto versehentlich 12,3 Millionen Euro aus dem Staatshaushalt gelandet sind

... Gesundheit, dessen Erbtante auf der Warteliste für eine Herztransplantation von Platz 41 356 auf Platz 2 heraufrutschen möchte

... Umwelt, der gute Aussichten hat, erster Ehrenbürger der Bundesrepublik Deutschland zu werden.

Gibt es etwa Gegenstimmen? Das ist nicht der Fall. Damit ist der Beschluss einstimmig angenommen.

# ENDLICH: BUNDESREGIERUNG PRIVATISIERT!

Vor zwei Jahren wurden die Vorschläge des wissenschaftlichen Neoliberalismusbeirats des Bundestages – darunter zwei »Professoren« von Privatuniversitäten, sechs Hauptschulabbrecher, drei Steuerbetrüger und ein weiterer anerkannter Wirtschaftsexperte – zur Privatisierung der Bundesregierung noch mitleidig belächelt.

Seit aber dieses kühne und partiell lukrative Projekt in die Tat umgesetzt wurde, ist die Wissenschaftspresse von *Geldwäsche Aktuell* über das *Subventionsmagazin* bis hin zum *Astro-Journal* und zur *Streubomben-Revue* voll des Lobes über die ersten Resultate.

Es mache sich bezahlt, so ein Sprecher der interfraktionellen Selbsthilfegruppe anonymer Schmiergeldkassierer im Bundestag, dass einer der letzten ausgegrenzten Randgruppen, nämlich den käuflichen Abgeordneten, endlich ihre angemessene gesellschaftliche Anerkennung zuteil werde.

Schon der Blick auf die nackten Zahlen überzeugt selbst Skeptiker. Ausnahmslos alle Ministerien fahren rasante Gewinne ein. Wo früher der Rotstift Angst und Schrecken verbreitete und das bloße Wort Staatsanwaltschaft eine ganze Reihe von Ministern und Staatssekretärn zur hastigen Republikflucht veranlasste, ist seit kurzem die Hauptfrage der Ressorts: »Wohin mit der vielen Kohle?« Nur Loser,

Feiglinge und Versager kämen auf die absurde Idee, die neugewonnenen Steuermilliarden dem nimmersatten Steuerzahler in den Rachen zu werfen.

So erwirtschaftete allein das Verteidigungsministerium Genehmigungen für den Export von biologischen Waffen nach Pakistan, Streubomben in die USA und Giftgas nach Kambodscha für fast 200 Millionen Bearbeitungsgebühr.

Das Finanzressort macht durch Provisionen für Steuererlasse und Steuergeschenke für Milliardäre und Großkonzerne 1,2 Milliarden Euro.

Das Justizministerium verdiente durch eine Generalamnestie und ein Gesetz zur Straffreiheit für Korruptionsdelikte knapp 400 Millionen Euro.

Dem Umweltressort bescherte die Blankovollmacht für die Uranendlagerung und die Giftmüllentsorgung in deutschen Gewässern und Wäldern mehr als 120 Millionen Euro.

Das Familienministerium kam durch die Wiedereinführung der Straffreiheit von Vergewaltigung, schwerer Körperverletzung und fahrlässiger Tötung in der Ehe immerhin auf 80 Millionen Euro.

Absoluter Spitzenreiter aber war die Wirtschaftsbehörde mit 2,4 Milliarden Euro Bearbeitungsgebühr für Subventionen und Fusionsgenehmigungen.

Steil nach oben zeigt auch die Erfolgskurve des Justizministeriums. Durch den Verkauf von Gesetzen und Verordnungen erzielte man ein Plus von 720 Millionen Euro.

Bundespräsident Adolf Sarrazin und Kanzler Don Zumwinkel werteten die Privatisierung der Regierung anlässlich der Enthüllung des Uwe-Barschel-Denkmals vor dem Reichstag als großartigen Erfolg marktwirtschaftsorientierter Haushaltspolitik und dankten in diesem Zusammenhang all jenen Abgeordneten, die diese Reformen durch ihre Zustimmung zur Abschaffung des Grundgesetzes und zum Ermächtigungsgesetz erst möglich gemacht hätten.

Ähnlich positiv äußerten sich Vertreter der Bündnispartner China und Saudi-Arabien.

Fast unbemerkt von der Öffentlichkeit beschlossen Bundestag und Bundesrat daraufhin die Privatisierung des Bundesverfassungsgerichts. Rechtsexperten von Schwarz-Gelb und Rot-Grün erklärten, dieser Schritt sei im Sinne des Grundgesetzes erforderlich. Sonst nämlich hätten die Karlsruher Richter die Privatisierung von Bundestag und Bundesrat für verfassungswidrig erklären können.

Selbstverständlich werde auch das neue private Gericht nach streng demokratischen Prinzipien besetzt. So komme je ein Drittel der Mitglieder aus den Reihen der DAX-Unternehmen, Milliardärsclans und vorbestraften Börsenbetrüger und Politiker.

»Hätten wir diesen Schritt schon früher getan«, so ein Spitzenpolitiker, »dann hätten wir schon längst flächendeckende Datenspeicherung, Rundumüberwachung und Wegsperren ohne Gerichtsverfahren.« Es sei »mehr als blamabel, dass wir fast 25 Jahre nach dem Zusammenbruch der DDR noch immer nicht das Niveau der Stasi erreicht haben.« Die Fälle, dass bei uns Regimekritiker auf der Flucht erschossen würden, vor einer U-Bahn landeten oder sich im Gefängnis umbrächten, seien an der Fingern einer Hand abzuzählen. Die Kooperation mit der NSU (»Zwickauer Zelle«) und der NPD sei zwar ein Schritt in die richtige Richtung, aber insgesamt doch keine ausreichende Strategie.

Vertreter von Union und Rüstungsindustrie mahnten in diesem Zusammenhang erneut an, im Grundgesetz das Staatsziel »Menschenwürde« durch »Profitmaximierung« zu ersetzen.

»Demokratie hält nur den Betrieb auf«, rief ein gekaufter MdB unter dem tosenden Beifall des Hohen Hauses.

Inzwischen haben bereits drei Hedgefonds Interesse am Erwerb von Bundestag und Bundesrat angemeldet, woraufhin die neue Verfassungsgerichtsaktie um acht Prozent anstieg.

Ein Vertreter der Grünen erklärte, es müsse aber sichergestellt werden, dass es sich um ökologische Hedgefonds handle, die zum Beispiel nur in Biodiesel und in Biografien investierten. Eine Spitzenpolitikerin der Linkspartei meinte dagegen, ihr komme die ganze Sache mit der »Privatisierung und so« reichlich seltsam vor und sogar im *Kapital* von Karl May habe Winnetou die Verstaatlichung der Skalps gefordert.

Nicht uninteressant auch die Forderung eines Heerführers der Bundeswehrmacht nach Privatisierung der Armee nach US-Vorbild: »Die dürfen reihenweise in Afghanistan ganze Regionen ausradieren, während wir schon Ärger kriegen, wenn wir mal ein Fußballturnier mit Totenschädeln austragen.«

»Und«, so fügte er hinzu, als »staatliche Truppe könnten wir bei einem Volksaufstand unmöglich 100 000 Leute pro Tag ausknipsen, als private dagegen schon.«

»Naja«, gab ein Spitzenpolitiker zu bedenken. »Hört sich gut an, aber reicht denn Ihr Personal? Immerhin müssten Sie im Ernstfall nicht 100 000, sondern etwa 70 Millionen Regimegegner kaltstellen.«

ISBN 978-3-359-02397-5


Umschlaggestaltung: Buchgut, Berlin unter Verwendung
einer Illustration von Christina Kuschkowitz
Druck und Bindung: Grafica Veneta, Italien

Ein Verlagsverzeichnis schicken wir Ihnen gern:
Eulenspiegel · Das Neue Berlin Verlagsgesellschaft mbH & Co. KG
Neue Grünstraße 18, 10179 Berlin
Tel. 01805/30 99 99 (0,14 €/Min., Mobil max. 0,42 €/Min.)

Die Bücher des Eulenspiegel Verlags erscheinen
in der Eulenspiegel Verlagsgruppe.

*www.eulenspiegel-verlagsgruppe.de*